El juego

El juego

Domenico Starnone

Traducción del italiano de
Celia Filipetto

Lumen

narrativa

Papel certificado por el Forest Stewardship Council®

Título original: *Scherzetto*

Primera edición: abril de 2020

© 2016, 2017, Giulio Einaudi editore s.p.a., Torino
© 2020, Penguin Random House Grupo Editorial, S. A. U.
Travessera de Gràcia, 47-49. 08021 Barcelona
© 2020, Celia Filipetto Isicato, por la traducción

Penguin Random House Grupo Editorial apoya la protección del *copyright*.
El *copyright* estimula la creatividad, defiende la diversidad en el ámbito de las ideas y el conocimiento,
promueve la libre expresión y favorece una cultura viva. Gracias por comprar una edición autorizada
de este libro y por respetar las leyes del *copyright* al no reproducir, escanear ni distribuir ninguna
parte de esta obra por ningún medio sin permiso. Al hacerlo está respaldando a los autores
y permitiendo que PRHGE continúe publicando libros para todos los lectores.
Diríjase a CEDRO (Centro Español de Derechos Reprográficos, http://www.cedro.org)
si necesita fotocopiar o escanear algún fragmento de esta obra.

Printed in Spain – Impreso en España

ISBN: 978-84-264-0761-0
Depósito legal: B-1703-2020

Compuesto en M. I. Maquetación, S. L.
Impreso en Egedsa (Sabadell, Barcelona)

H 4 0 7 6 1 0

Penguin
Random House
Grupo Editorial

El juego

Capítulo primero

1

Una noche Betta me llamó por teléfono más nerviosa que de costumbre para saber si me veía con ánimos de cuidar a su hijo mientras ella y su marido asistían a un congreso de matemáticos en Cagliari. Yo residía en Milán desde hacía un par de décadas y desplazarme a Nápoles, a la vieja casa que había heredado de mis padres y en la que mi hija vivía desde antes de casarse, no me entusiasmaba. Tenía más de setenta años y una larga viudedad me había desacostumbrado a la convivencia, me encontraba a gusto solo en mi cama y en mi cuarto de baño. Además, unas semanas antes me había sometido a una pequeña intervención quirúrgica que, ya en la clínica, parecía haber hecho más daño que otra cosa. Aunque los médicos pasaban por mi habitación tanto por la mañana como por la tarde para decirme que todo había ido como debía, tenía la hemoglobina baja, la ferritina dejaba bastante que desear y una tarde había visto pequeñas cabezas que, envueltas en revoque blanco, se proyectaban hacia mí desde la pared de enfrente. Enseguida me hicieron una transfusión, la hemoglobina subió un poco, al fin me mandaron a casa. Pero ahora me costaba recuperarme. Por la mañana me sentía tan débil que para ponerme de pie debía hacer acopio de fuerzas, clavarme los dedos en los muslos, inclinar el busto hacia delante como si fuera la tapa de una maleta, estirar los músculos de los miembros superiores e inferiores con una determinación que me dejaba sin aliento; y solo cuando el dolor de espalda se atenuaba, conseguía levantar del todo el esqueleto, pero con cuidado, despegando despacio los dedos de los muslos y abandonando los brazos a los costados con un estertor que duraba hasta que conseguía definitivamente la posición erecta. Por eso mi respuesta a la petición de Betta fue espontánea:

—¿Estás muy interesada en ese congreso?

—Es trabajo, papá. Yo tengo que dar la ponencia introductoria y Saverio presenta la suya el segundo día por la tarde.

—¿Cuánto tiempo estaréis fuera?

—Del veinte al veintitrés de noviembre.

—Entonces, ¿tendría que quedarme solo con el niño cuatro días?

—Salli vendrá todas las mañanas, recogerá, os hará la comida. Además, Mario es completamente independiente.

—A los tres años ningún niño es independiente.

—Mario tiene cuatro.

—Tampoco a los cuatro. Pero esa no es la cuestión: tengo un trabajo urgente que terminar y ni siquiera lo he empezado.

—¿Qué tienes que hacer?

—Ilustrar un cuento de Henry James.

—¿Cuál?

—Un hombre regresa a su vieja casa de Nueva York y se encuentra con un fantasma, o sea, con él mismo como habría sido de haberse convertido en hombre de negocios.

—¿Y cuánto tardas en hacer los personajes de un cuento así? Falta casi un mes, tienes tiempo. De todos modos, si para el veinte no has terminado, puedes traerte el trabajo, Mario está acostumbrado a no molestar.

—La última vez quería estar siempre en brazos.

—De la última vez hace dos años.

Me reprendió, dijo que había fallado como padre y como abuelo. Reaccioné con un tono afectuoso y le aseguré que me quedaría con el niño todo el tiempo que hiciera falta. Preguntó cuándo pensaba ir, me pasé con la respuesta. Puesto que notaba a mi hija más infeliz que de costumbre; puesto que durante mi hospitalización me había llamado por teléfono tres o cuatro veces como mucho; puesto que aquel desinterés suyo me había parecido una forma de castigarme por el mío, prometí que llegaría a Nápoles una semana antes del congreso, para que el niño se acostumbrara a mi compañía. Y con fingido entusiasmo añadí que tenía muchas ganas de hacer un poco de abuelo, que podía irse tranquilamente, que Mario y yo nos divertiríamos mucho.

Sin embargo, como siempre, no conseguí mantener la promesa. El joven editor para el que trabajaba me apremiaba, quería ver cómo lo llevaba. Yo, que no había conseguido hacer gran cosa por culpa de mi convalecencia interminable, traté de terminar un par de láminas deprisa y corriendo. Pero una mañana volví a perder sangre y tuve que ir corriendo al médico, que, aunque lo encontró todo en orden, me dio otra cita para una semana más tarde. Así, entre una cosa y la otra, acabé marchándome apenas el 18 de noviembre, tras enviarle al editor las dos láminas a medio terminar. Me encaminé a la estación en un estado de aburrida insatisfacción, con la maleta hecha a voleo y sin un regalito para Mario, aparte de los dos libros de cuentos que yo mismo había ilustrado unos cuantos años atrás.

Fue un viaje incómodo debido a los sudores de debilidad y a las ganas de regresar a Milán. Llovía, me notaba tenso. El tren cortaba las ráfagas de viento que opacaban la ventanilla con regueros temblorosos de lluvia. A menudo temí que los vagones, arrollados por la tormenta, patinaran y descarrilaran, y comprobé que cuanto más se envejece, más se aprecia el seguir vivos. Pero una vez en Nápoles, me sentí mejor pese al frío y la lluvia. Salí de la estación y al cabo de unos minutos llegué al edificio esquinero que conocía bien.

2

Betta me recibió con un afecto del que —a sus cuarenta años, atareada con los malabares de todos los días— no la veía capaz. Me sorprendió su preocupación por mi estado de salud, exclamó: ¡Qué pálido estás, y qué delgado!, y se disculpó por no haber ido a verme cuando estuve ingresado. Ya que me preguntó con cierta intranquilidad por los médicos y los análisis, sospeché que quería asegurarse de que no fuera un riesgo dejarme al niño. La tranquilicé y me puse a hacerle mil cumplidos con las frases hiperbólicas que yo utilizaba desde que era niña.

—Estás guapa.
—Qué va.
—Estás mejor que una actriz de cine.
—Sí, gorda, vieja y lunática.
—¿Bromeas? Nunca he visto una mujer más atractiva. Claro, el carácter es como una corteza de árbol, pero si lo descortezas, asoma una sensibilidad suave, de un color luminoso como el de tu madre.

Saverio había ido a la guardería a recoger a Mario, no tardarían en llegar. Esperé que me dijera que fuese a mi cuarto a descansar un rato. Las raras veces que iba a Nápoles dormía en la habitación grande al lado del baño, la que tenía un balconcito parecido a una plataforma de lanzamiento sobre la piazza Garibaldi. Me había criado allí con mis hermanos y era el único rincón de aquella casa que no detestaba. Me habría gustado meterme en la habitación, tenderme en la cama, estar a solas unos minutos. Pero Betta me retuvo en la cocina —a mí, con mi maleta y un bolso de tela— y empezó a quejarse de todo sin parar, del trabajo en la universidad, de Mario, de Saverio, que descargaba en ella la casa y el niño, de muchas otras tensiones insoportables.

—Papá —gritó casi en un momento dado—, estoy realmente hasta el gorro.

Se encontraba frente al fregadero lavando la verdura, pero al pronunciar la frase se volvió hacia mí con una torsión brusca, violenta. Por unos segundos la vi —nunca había ocurrido— como pura materia dolida que su madre y yo habíamos lanzado al mundo cuarenta años antes, con culpable ligereza. Mejor dicho, Ada no, yo: mi mujer había muerto hacía tiempo, ya no tenía ninguna responsabilidad. Betta era una de mis grandes células dispersas, solo mía, y ya tenía la membrana bastante gastada. O al menos así la imaginé por un instante. Después llegó el ruido de la puerta de entrada. Mi hija se sobrepuso a toda prisa; Ya están aquí, dijo con una mezcla de alegría y repulsión; apareció Saverio —el rechoncho y ceremonioso de Saverio, la cara ancha, tan alejado de la elegancia longilínea de Betta— junto con Mario, pequeño, moreno como el padre, ojos grandes en una cara delgada, gorro rojo, abrigo azul oscuro, ráfagas de lazo azul.

El niño se quedó un momento expectante, emocionado. No se parece nada a Betta, pensé, es idéntico a su padre. Entretanto, con una pizca de angustia, noté que la palabra «abuelo» se estaba encarnando delante de él —un desconocido del que se esperaba un flujo incontenible de maravillas— y abrí los brazos un tanto teatralmente.

—Mario, ven, tesoro, ven. Cómo has crecido —dije.

Él se abalanzó sobre mí y tuve que levantarlo dando a las frases un tono dichoso, aunque se me quebró la voz por el esfuerzo. Me echó los brazos al cuello con gran energía, me besó una mejilla como si quisiera perforármela.

—Así no, que lo estrangulas —intervino su padre y enseguida también lo hizo Betta y le ordenó que me soltara.

—El abuelo no se va a escapar, estaréis juntos unos días, compartirás con él tu habitación.

Aquella fue para mí una mala noticia, había supuesto que un niño de esa edad dormiría con sus padres. Se me había olvidado que yo mismo, en tiempos lejanos, había pretendido que Betta estuviera en su cuna en la habitación de al lado, aunque Ada no consiguiera pegar ojo solo de pensar que no oiría sus vagidos o que se le pasaría darle el pecho. Lo recordé en ese momento, cuando dejaba en el suelo al niño y reprimí el fastidio; no quería que Mario lo notara. Fui hasta el bolso de tela que al llegar había dejado al lado de la maleta y saqué los dos libritos finos que tenía intención de regalarle.

—Mira lo que te he traído —dije.

En cuanto los toqué sentí otra vez pena por no haberle comprado algo más atractivo y temí que se llevara una decepción. Sin embargo, el niño recibió los libros con interés, murmurando un «gracias» educadísimo —fue la primera palabra que le oí pronunciar— y se puso a examinar las cubiertas.

Saverio, que, como yo, debió de pensar que era un regalo equivocado, y que a continuación seguramente le diría a Betta: Como siempre, tu padre no hace nada a derechas, se apresuró a exclamar:

—Tu abuelo es un artista importante, mira qué bonitos los dibujos, los ha hecho él.

—Ya los miraréis juntos más tarde —dijo Betta—, ahora nos quitamos el abrigo y vamos a hacer pis.

Mario opuso cierta resistencia, pero después se dejó desvestir procurando sobre todo no soltar en ningún momento los dos libritos. Se los llevó incluso cuando su madre lo condujo a la fuerza al baño y yo, incómodo, volví a sentarme; no sabía de qué hablar con mi yerno. Dejé caer alguna frase sobre la universidad, los alumnos, el esfuerzo de enseñar, único tema que, por lo que yo recordaba, lo apasionaba, aparte del fútbol, que a mí me resultaba por completo ajeno. Pero Saverio se escapó por la tangente y por sorpresa —dado que entre nosotros no había confianza— se puso a hablar con fórmulas un tanto pomposas pero atormentadas sobre su insatisfacción existencial.

—No hay tregua y no hay felicidad —murmuró.

—Algo de felicidad siempre hay.

—No, yo solo siento el veneno.

En cuanto regresó Betta cortó en seco la confianza y se puso a hablar confusamente de la universidad. Era evidente que marido y mujer se ponían nerviosos solo de verse. Mi hija acusó a Saverio de no haber ordenado no entendí bien qué y luego, señalando a Mario, que acababa de reaparecer sujetando con fuerza mi regalo, recalcó dirigiéndose a mí: El resultado es que este saldrá peor que el padre. Acto seguido, en un arrebato se llevó mi maleta y el bolso y con una risita sarcástica apostó a que seguro que ahí dentro llevaba lo necesario para trabajar, pero no camisas, calzoncillos y calcetines.

Cuando mi hija desapareció por el pasillo, el niño se mostró aliviado. Dejó uno de los libros encima de la mesa, acomodó el otro sobre mi regazo como si fuese un escritorio y se puso a pasar una página tras otra. Le acaricié el pelo y él, tal vez animado por mi gesto, me preguntó muy serio:

—¿De veras hiciste tú los dibujos, abuelo?

—Sí. ¿Te gustan?

—Son un poco oscuros.

—¿Oscuros?

—Sí. La próxima vez hazlos más claros.

—No, pero si no son oscuros, así están bien —se apresuró a intervenir Saverio.

—Son oscuros —rebatió Mario.

Le quité delicadamente el libro y examiné algunas de las ilustraciones. Nadie me había dicho nunca que fuesen oscuras. Le dije al niño: No son oscuros. Y un tanto resentido añadí: Pero si tú los ves oscuros, algún problema habrá. Hojeé el libro con atención, noté defectos en los que jamás me había fijado, murmuré: A lo mejor me los imprimieron mal. Y me amargué, nunca había conseguido tolerar que la chapucería ajena estropeara mi trabajo. Repetí varias veces, hablando con Saverio: Sí, los dibujos son oscuros, Mario tiene razón. Después, mezclando protestas con detalles técnicos, me puse a hablar mal de todos los editores que exigían mucho, gastaban poco y lo estropeaban todo.

El niño estuvo escuchando un rato, después se aburrió, me preguntó si quería ver sus juguetes. Yo ya tenía la cabeza en otra cosa y le contesté bruscamente que no. Fue un instante, me di cuenta de que la negativa había sido demasiado brusca, padre e hijo me miraban desorientados.

—Mañana, chiquitín, ahora el abuelo está cansado —añadí.

3

Esa noche me quedó definitivamente claro que para Betta y Saverio el congreso de Cagliari era sobre todo una buena ocasión para sustraerse a los ojos y oídos de su hijo y discutir sin freno. Si a lo largo de la tarde solo se dirigieron apenas unas frases parecidas a advertencias al personal, en la cena ni siquiera recurrieron a ellas, sino que hablaron principalmente con Mario y conmigo para que el niño lo supiera todo de mis proezas y yo todo de las suyas. Los dos emplearon tonos aniñados y casi siempre empezaron sus discursitos con «¿sabías que el abuelo?» o «¿por qué no le enseñas al abuelo?». En consecuencia, Mario tuvo que aprender que yo había ganado muchos premios, que era más famoso que Picasso, que personas importantes exponían mis obras en sus casas; y yo tuve que aprender que Mario sabía atender con educación el teléfono, escribir su nombre, usar el mando a distancia, cortar la carne solo con un cuchillo de verdad, comer lo que le servían en el plato sin berrinches.

Fue una velada interminable. Durante todo el tiempo el niño no me quitó los ojos de encima, era como si quisiera aprenderme de memoria por miedo a que desapareciera. Cuando le gasté alguna broma estúpida y antigua con las que había divertido a Betta de pequeña —como fingir que el pulgar apretado entre el índice y el dedo medio era la nariz que acababa de arrancarle—, él esbozó sonrisitas entre divertidas y piadosas y golpeó el aire con la mano como si quisiera castigarme por aquellas tonterías. A la hora de acostarse, soltó a modo de prueba: Iré a acostarme cuando vaya el abuelo. Pero sus padres intervinieron casi al unísono, los dos sin ternura, así de repente.

Su madre exclamó: A la cama se va cuando mamá dice que hay que ir a la cama; y el padre dijo: Es hora de dormir, señalando el reloj de la pared como si su hijo ya supiera leer la hora. Mario opuso resistencia, pero lo único que consiguió fue que yo presenciara cómo se desvestía sin ayuda y, aún sin ayuda, cómo se ponía el pijamita, cómo extendía con precisión el dentífrico en el cepillo, cómo se sabía cepillar interminablemente los dientes.

Contemplé admirado el espectáculo. Dije infinidad de veces: Pero qué niño más aplicado; Betta me pidió infinidad de veces: No me lo malcríes.

La verdad —añadió, poniéndose seria de repente y mirando a su hijo—, para su edad es muy aplicado. Ya lo verás.

Entonces madre e hijo anunciaron que se retiraban a leer el cuento de la noche. Los seguí con paso cansino hasta la que había dejado de ser mi habitación. Mario todavía no sabía leer, pero —recalcó Betta— le faltaba poco. Los dos quisieron demostrármelo y, la verdad, con algo de ayuda de su madre, el niño leyó unas palabras. Mientras tanto lancé un vistazo ávido al catre que me habían preparado y pensé que, con tal de acostarme, yo también habría escuchado el cuento. Pero cuando su hijo pidió: Quédate un rato, abuelo, Betta se impuso diciendo: No, papá, vete, ahora leemos un ratito y después nos vamos a dormir. Sin duda, aquellas palabras eran una orden tanto para el pequeño como para mí.

Salí de la habitación y de mala gana enfilé —¿dónde estaba el interruptor?— el pasillo oscuro. Incluso en Milán, en los últimos tiempos no me gustaba quedarme a oscuras. Encendía todas las luces de la casa porque, después de la operación, a veces la oscuridad animaba lo inanimado y tenía la sensación de que los muebles, las paredes me agarraban, efectos que atribuía al desmejoramiento de la circulación de la sangre, al cerebro poco oxigenado. Avancé con prudencia, rozando las paredes con los nudillos, pero de todos modos en un destello vi a mi padre siempre avieso echándose el pelo atrás con ambas manos; a mi madre, que de desaliñada cenicienta a veces, entre terrores y melancolías, se transformaba en señora con velo; a mi abuela, que, aquejada de un ictus, estaba siempre sentada y en silencio, *arrugnata*, palabra del dialecto que describe los cuerpos doblados sobre sí mismos, encorvados como una podadera abandonada a la herrumbre en un rincón.

El único punto iluminado del apartamento era la cocina. Encontré allí a mi yerno de pésimo humor, y, pese a ello, me indicó solícito una silla a su lado. Apenas me dio tiempo a acomodarme y él ya me estaba contando en voz muy baja, casi al oído, cómo entre Betta y él —dos años de novios, doce de convivencia en aquella casa, cinco de casados— las cosas habían dejado de funcionar. De nada sirvió que yo tratara de cambiar de tema, que indicara de mil formas que no tenía ganas de escuchar. No nos unía nada, y además, yo era el padre de su mujer, pero él siguió, era evidente que estaba pasándolo mal y quería desahogarse. Me contó que para dirigir el departamento de matemáticas había llegado un tipo al que mi hija conocía desde el bachillerato, y ella se había vuelto loca de inmediato. Aquel matemático brillante, un hombre de poder, le había inyectado nuevas energías, de manera que a diario se esforzaba por ponerse más guapa y elegante que el día anterior. La universidad no tardó en convertirse para Betta en una especie de enorme recipiente repleto de una sustancia licorosa, en la que su cuerpo delgado flotaba en todo momento, casi sin quererlo, hacia el corpachón del recién llegado —según Saverio, un organismo de muslos gordos y barriga abultada— con el fin de rozarlo, tropezar con él y después, restregarse contra él, ceñirse a él y arrastrarlo con ella hasta el fondo.

—Tu hija —me susurró con ojos henchidos de desesperación— hace todo esto delante de mis propias narices.

Ahí estaba lo intolerable del asunto, me repitió varias veces: Betta no se había preocupado lo más mínimo de ocultarle de qué modo tan violento se sentía atraída por el director, sino que había buscado su contacto en los pasillos, las oficinas, las aulas, el bar, sin reparar en la presencia de su marido, sin darle la menor importancia al hecho de que en todo momento él pudiera estar allí mirando. Betta se había mostrado ante Saverio cada vez más impúdicamente emocionada. Por las mañanas, antes de ir a trabajar, le preguntaba a Saverio si iba bien vestida, si era lo bastante atractiva. A Saverio le había instilado en el oído el silbido de unos celos incontrolados cuando, en cierta ocasión, el director había aparecido con Betta y ella se había apretado contra él sin ahorrarse efusiones. Por no hablar de los saludos lánguidos al comienzo y al final de la jornada laboral: besitos en las mejillas que, inadvertidamente, tendían cada vez más al beso en la boca. Por no hablar de una rabiosa pretensión de independencia. En cierta ocasión en que, fuera de sí por aquel comportamiento, Saverio la había llevado aparte en uno de los túneles oscuros de la facultad y le había dicho a gritos hasta qué punto lo humillaba con su comportamiento, ella le había chillado a su vez: Pero ¡qué quieres, qué dices, estás loco, hago lo que me da la gana!; lo había dejado plantado y se había ido corriendo al bar, detrás de aquel imán potentísimo que, si lo conocieras, subrayaba mi yerno, te parecería poco más que un conglomerado de vida como los que existían antes de que se iniciara la evolución, en resumen, un *nustrunzemmèrd*, un cabrón de mierda.

Yo no dije palabra, dejé que se desahogara. De nada servía hacerle notar que, tal como describía al director, se estaba retratando a sí mismo. De nada servía decirle que, evidentemente, el tipo de hombre que atraía a Betta era corpulento y —como él— nada apuesto. En un momento dado, solo traté de dejar caer: Son encaprichamientos pasajeros, Savè, al final prevalecen las costumbres, los afectos, Mario, que es un niño maravilloso y al que sería una pena atormentar con vuestras peleas. Hazme caso, déjalo correr. Su respuesta fue inmediata, como el culebreo de una serpiente, y me alteró mucho: Sí, dijo, el deseo se pasará, ella se calmará; pero yo, yo lo he visto todo, he sentido repugnancia, ya no la quiero.

Me hubiera gustado profundizar en ese punto —el nexo entre su forma de ver alucinada y el final del amor—, pero él se interrumpió al oír los pasos de Betta en el pasillo; al parecer lo aterraron. Mi hija se asomó en el umbral con camisón y con expresión asqueada ordenó a su marido:

—Yo estoy lista, vamos a dormir, papá estará cansado. Mientras cierro la puerta con llave y bajo las persianas, ve a lavarte los dientes.

Saverio miró un buen rato el suelo, después saltó de la silla, decidido, y salió tras haberme dado las buenas noches con un tono apenas audible. Betta esperó a oír que se cerraba la puerta del baño, después me preguntó con preocupación, en voz muy baja:

—¿Qué te ha dicho?

—Que tenéis algún problema.

—El problema es él.

—Por lo que he entendido, el problema eres tú.

—Lo has entendido mal, Saverio ve lo que no es.

—O sea, ¿que no tienes un lío con un director de no sé qué?

—¿Yo? ¿Yo? Dejémoslo correr, papá, Saverio es insoportable.

—Pero llevas con él veinte años.

—Llevo veinte años con él porque, en general, tiene cierto equilibrio.

—¿Y ahora está desequilibrado?

—Sí, y nos está desequilibrando a mí, al niño, la casa, todo.

—Espera, ¿está desequilibrado hasta el punto de que te ve prendida de un extraño mientras tú te muestras de lo más desprendida?

Betta hizo una mueca que la afeó.

—No es un extraño, papá, es como un hermano para mí.

Entonces se le llenaron los ojos de lágrimas, lo que sumado al hecho de que su marido me inspiraba poca simpatía, de inmediato hizo que me pareciera sincera.

—Ven aquí, tranquilízate, eres inteligente, eres buena en tu trabajo —le dije—, Mario es maravilloso, vamos, vamos, haced ese viaje, explicaos y al regresar todo se habrá arreglado. —Pero sincera o no, yo sabía bien que la querría y consolaría siempre. Cuando era pequeña no podía soportar que Betta llorara y ahora que era mayor, tampoco—. Si tienes que llorar —murmuré—, llora cuando yo estoy en Milán.

Ella sonrió, la besé en la frente, se sorbió los mocos, refunfuñó:

—Te enseño dónde se cierra el gas.

No contenta con ello, me obligó a girar la llave para que memorizara bien el gesto. Luego pasó a darme mil instrucciones: dónde estaba el interruptor de la luz, cuidado con la puerta del balconcito, que era nueva y no funcionaba bien, la llave de paso del agua se encontraba debajo del fregadero, el desagüe de la ducha a veces se obstruía, etcétera. Después se dio cuenta de que no le prestaba atención y murmuró insatisfecha:

—Mañana te lo dejo todo escrito. —Entretanto, debió de entrarle otra vez la duda de que yo no estaba a la altura de la situación en la que ella me había metido y mirándome a los ojos, me preguntó—: ¿De veras te ves con ánimos de cuidar del niño? —Le juré que sí y me besó en una mejilla (algo que nunca había hecho, ni siquiera de niña) murmurando—: Gracias.

La seguí con la mirada hasta que desapareció en su dormitorio. Después fui a buscar mis cosas en la maleta procurando no hacer ruido y me encerré en el baño. Mientras me preparaba para la noche con los movimientos lentos e inseguros del cansancio, repasé aquellas primeras horas en Nápoles y me arrepentí una vez más de haberme marchado de Milán. ¿Que si me veía con ánimos? Debería haberle dicho con claridad que seguía convaleciente, que no podía asumir la responsabilidad de cuidar a Mario, que no tenía ganas de cargar con sus problemas conyugales. Evoqué frases e imágenes bochornosas de la velada y no conseguí deshacerme de una impresión de..., ¿cómo decirlo?, de desvergüenza. Enseguida me pareció como si nada en la casa llevara el traje adecuado. O que sí lo llevaba, pero como si quien lo vistiera fuese un magma bituminoso, o un cocodrilo, qué sé yo, unos bonobos, o peor aún unos protobiontes, organismos en su primer y ciego estado de agrupación. Betta restregándose contra su colega era una desvergonzada; y su marido encajado entre ella y el extraño —un amante, un hermano, un amante fraternal— era un desvergonzado; como desvergonzadas eran las paredes, el viento que soplaba desde via Marina, la ciudad. Algún tiempo después de morir mi mujer, al rebuscar entre sus papeles —desvergonzado yo también—, no tardé en darme cuenta de que, mientras yo estaba distraído día y noche en pequeñas y arduas batallas para afirmarme como artista (habían sido muchos, muchísimos los años de distracción durante los cuales lo más importante había sido perseguir mi inspiración), ella me había engañado con frecuencia, ya a los pocos años de estar juntos. Por qué. Ni ella misma se lo explicaba, solo planteaba hipótesis. Para acordarse de que existía. Para darse un poco de relevancia. Porque en nuestra relación, mi relevancia era excesiva. Porque su cuerpo necesitaba atención. Debido a una ciega jugada de su vitalidad. Detrás de la vida decente de todos los días - -suspiré, lleno de insatisfacción— hay un duendecillo sin educación al que fingimos no ver, una energía que anima nuestra carne sojuzgando en unos plazos fijos todo decoro, incluso en los más decorosos. Apagué la luz del baño, apagué la luz del pasillo —había tres interruptores, pulsé uno al buen tuntún, era el correcto— tras haber encendido la lámpara junto a mi cama. Y finalmente me acosté soltando un largo gemido sofocado sin haber lanzado a Mario, en el otro extremo de la habitación, en su camita rodeado de multitud de juguetes y muchos dibujitos pegados en las paredes, ni una sola mirada.

Fuera seguía soplando un viento enfurecido, la lluvia golpeaba contra la plataforma del balcón, la barandilla vibraba y el ruido invadía el cuarto pese a los cristales dobles. Me dormí en un instante, pero desperté enseguida bañado en sudor, con la respiración entrecortada. De pie, a mi lado, estaba Mario con su pijamita azul. Dijo: Te has olvidado de apagar la luz, abuelo, pero te la apago yo, no te preocupes. La apagó de veras; la habitación se sumió en la oscuridad, en el viento, aterrándome. Él se escabulló sin miedo hacia su cama.

4

Me desperté convencido de que serían las cuatro y veinte, la hora exacta —minuto más, minuto menos— a la que en Milán salía definitivamente del sueño. Las ráfagas de lluvia continuaban. Encendí la luz, eran las dos y diez. Me levanté para ir al baño; la tibieza de la que gozaba debajo de las mantas cedió ante el aire frío con un estremecimiento. Cuando volví eché un vistazo a Mario; se había destapado mientras dormía. Estaba boca abajo, con las piernas separadas, un brazo extendido al costado, el otro doblado y con la mano cerrada en un puño junto a los labios entreabiertos. Le rocé los pies desnudos, estaban helados. ¿Y si enfermaba mientras sus padres estaban fuera? Le subí las mantas hasta el cuello y fui a sentarme al borde de mi cama.

Me sentía entumecido, tenía sueño; sin embargo, estaba seguro de que si me acostaba, no me dormiría: demasiado calor bajo la piel que, por contradictorio que pareciera, estaba fría en la superficie; también tenía frías, con poca sensibilidad, la yema de los dedos de las manos y los pies. Saqué de la maleta el cuento de James y los lápices para hacer algún bosquejo, después me metí debajo de las mantas, con la espalda apoyada contra la pared. Eché una mirada al trabajo que había hecho las semanas anteriores, no me gustó nada; es más, lamenté haber enviado con tanta prisa al editor las dos láminas a medio terminar. Releí algunos pasajes del libro, intenté trazar una o dos imágenes, pero sin concentrarme. Era como si la respiración de Mario, la del viento, la de la lluvia y la realidad de la habitación —del apartamento tal como Betta y Saverio lo habían adaptado a ellos remodelándolo a lo largo de los años— fuesen un obstáculo para la fantasía. Dejé estar el cuento, me entregué a un duermevela durante el cual el recuerdo de la antigua distribución de la casa adquirió una nitidez capaz de hacer desvanecer toda imagen real o imaginada. Me levanté de nuevo y empecé a esbozar los ambientes en los que había crecido. Dibujé la entrada con la ventana que daba a una terracita encima de la plataforma de carga y descarga. Dibujé la sala, que mi madre apreciaba mucho, con los muebles recién comprados, el sofá, los sillones, los pufs, cosas que debían de parecerle de gran señora. La dibujé a ella, y enseguida —me pareció que podía hacerlo— su mirada sobre aquel ambiente amplio, luminoso, sobre la mesa de borde ondulado, sobre la vitrina con el techo abombado rematada en cuatro pináculos, sobre la galería desde donde se veía una parte del hotel Terminus. Dibujé el pasillo con el aparato telefónico clavado a la pared, el dormitorio de mis padres, ellos dos en la cama, mi padre sentado en el borde, en camiseta y calzoncillos. Y dibujé un trastero repleto de cosas viejas, el baño enorme, la habitación que en ese preciso momento compartía con Mario. Por entonces estaba llena de catres, como el dormitorio de un cuartel. En uno dormía mi abuela, en los demás, en la cabecera o los pies, nosotros, los cinco hijos, un campamento más tarde desmantelado parcialmente. La habitación no tardó en ser solo para mi abuela y sus tres nietos pequeños, mientras que mi hermano y yo —los nietos mayores— por las noches pasamos a hacernos la cama en la sala, desbaratando las aspiraciones señoriales de nuestra madre.

Fue un trabajo frenético, hacía tiempo que no tenía la mano tan suelta. Dibujé de memoria ambientes, personas y objetos reproduciendo también, en una especie de aparte (en lo alto de la hoja, abajo, en nuevas hojas), detalles, detalles, detalles. Si durante toda mi adolescencia me había jactado de esa capacidad que poco a poco había impuesto una dirección a mi vida —el profesor de dibujo de secundaria estaba estupefacto, decía: Este muchacho ha nacido enseñado—, después, al crecer, al estudiar, aquel talento del cuerpo, del ojo, de los nervios me había parecido tosco. Me había decantado por opciones cada vez más cultas y, en consecuencia, cada vez más alejadas de aquella capacidad mía que ya me parecía vulgar. A mis doce años los demás me consideraban un prodigio que encandila y angustia, y yo también me sentía así; pero a los veinte ya había aprendido a despreciar la destreza de la mano por considerarla una debilidad. Me vi, me imaginé, traté de dibujarme a esas dos edades, a los doce, a los veinte. Pero de nuevo, de repente, la mano se atascó. Me obstiné en vano, los dedos se volvieron otra vez pesados y dependientes. Garabateé un poco más, palabras, bosquejos: cómo era, qué era, qué había pasado en los ocho años en que el crecimiento había tocado a su fin. Sobre las cuatro de la mañana lo dejé. Qué tontería perder el tiempo de aquella manera. Sobre todo, de qué me servía. Repasé las hojas plagadas de dibujos, asombrado por aquel ataque inesperado de creatividad. De la pila de bosquejos me llamaron la atención dos figuras demasiado precisas: Betta y Saverio. Betta me había salido espléndida, la había colocado en la cocina de hacía sesenta años, en una postura que adoptaba a menudo mi madre, y yo también. Se parece a ti y a tu familia, decía Ada como si, pese a haberla parido ella, incluso en ese caso yo hubiera excluido a mi mujer. En cambio, mi yerno, muy logrado, se encontraba en la cocina de hoy —pocos trazos— y no tenía esplendor. Lo había retratado como un extraño torvo, sin querer le había borrado toda cualidad. Apagué la luz, me tapé la cabeza con la manta y a la hora en que solía levantarme en Milán, me quedé dormido.

5

No dormí demasiado; sin embargo, me desperté sobre las seis. No había viento, quizá tampoco llovía. Cuando salí al pasillo me equivoqué de interruptor, encendí la luz de la habitación. La apagué enseguida esperando que el niño no se hubiese despertado, y fui a afeitarme y a lavarme.

Confié en que, entretanto, tras oír el ruido que había hecho, al menos Betta estuviera levantada, pero cuando salí del baño la casa seguía muy silenciosa. Fui a la cocina, con cierta dificultad encontré un cazo que me pareció adecuado para hervir agua, pero no di con el té. Delante de los fogones no supe qué hacer. Dónde estarían los fósforos. O el encendedor de cocina. Seguí allí, inmóvil, atascado, cuando Mario apareció junto a mí, con la cara aún soñolienta.

—Hola, abuelo.
—¿Te he despertado?
—Sí.
—Lo siento.
—No pasa nada. ¿Te doy un besito?
—Sí, dámelo.

Vi que se había puesto juiciosamente encima del pijama una chaquetilla de lana anaranjada y calzado unas zapatillas del mismo color. Lo elogié y me agaché para que me besara y besarlo a mi vez.

—¿Te lo doy con chasquido? —preguntó.
—De acuerdo.

Me hizo un chasquido fuerte en la mejilla y después, con el tono ceremonioso de Saverio, me preguntó si necesitaba algo.

—¿Sabes cómo se enciende el gas? —pregunté.

Asintió. En primer lugar, me recordó que había que girar el mando, y aunque era evidente que ya lo había girado, de todas formas se empeñó en explicarme cómo se hacía:

—Mira, así no sale el gas, pero si giras así, sale. —Después arrastró una silla y la puso a mi lado tras haberme avisado oportunamente de que no haría ruido—: Papá ha pegado debajo de las patas de todas las sillas unos cuadraditos de fieltro.

Se encaramó luego con destreza y me informó sobre la simbología que permitía elegir la llama adecuada. Pero lo que de veras me asombró —y me alarmó— fue que sabía utilizar los fogones: pulsó uno de los mandos, lo giró, miró absorto las chispas hasta que estalló la llama, esperó unos segundos, soltó el mando.

—¿Has visto? —dijo satisfecho.

—Sí, pero yo pongo el cazo al fuego.

—¿No preparamos el desayuno para todos?

—No sé qué tomas tú, qué toma mamá y qué toma papá.

—Yo sí lo sé. Mamá y papá, café con leche, y yo, solo leche.

—¿Y después?

—Después hay que tostar pan para mamá, papá y yo comemos galletas, y hay que exprimir naranjas para todos. ¿Tú quieres zumo?

—No.

—Es bueno.

—No quiero.

Se puso a indicarme dónde estaban las naranjas, dónde el exprimidor, cómo hacer para que las tostadas no se quemaran y desprendieran aquel olor que molestaba a su padre, en qué estante encontraría los sobrecitos de té negro y los de té verde, en qué armario guardaban la cafetera, dónde estaba la tetera, porque el cazo que había elegido yo no era adecuado, dónde los mantelitos para poner la mesa. Cuánto hablaba aquella mañana y con qué propiedad.

—¿Has comprobado la caducidad de la leche? —me preguntó en un momento dado, preocupado.

—No, pero si está en el frigorífico, seguro que no ha caducado.

—Tienes que comprobarlo igual, mamá a veces se distrae.

—Compruébalo tú —dije para tomarle el pelo.

Me sonrió avergonzado, golpeó el aire con la mano como había hecho la víspera, reconoció de mala gana:

—No sé.

—Entonces hay algunas cosas que no sabes hacer.

—Sé que hay que poner un poquito de leche en un cazo, encender el fuego y ver si cuaja.

—¿Cuaja? ¿Qué significa «cuaja»? —Bajó la vista, se sonrojó, volvió a mirarme con una sonrisita torcida. Estaba angustiado, no soportaba quedar mal. Le dije—: Salta. —Lo agarré de la mano y lo ayudé a saltar de la silla. Después, para convencerlo de que seguía dándole crédito, le pregunté—: ¿Qué más tenemos que hacer?

Yo estaba admirado —no sé si divertido; divertido tal vez no— de su vocabulario riquísimo y de cómo lo dominaba todo. Por lo que yo recordaba, por lo que contaban de mí mi madre y mi abuela, yo había sido casi mudo y andaba siempre distraído. La imaginación prevalecía sobre el sentido de la realidad, de adulto tampoco había sabido nunca participar activamente en la vida práctica, lo único que creía saber hacer era dibujar, pintar, combinar materiales de todos los colores. Fuera de ese ámbito no tenía inteligencia, no tenía memoria, lograba concebir muy pocos deseos, casi no me ocupaba de las obligaciones de la vida civilizada, siempre había confiado en los demás, sobre todo en Ada. En cambio, ese niño, pese a tener poco más de cuatro años, mostraba una atención por el mundo similar a la de los indios, que estaban en condiciones de aprender gracias a la simple observación de las complejas técnicas de los orfebres llegados con los conquistadores. Me fue guiando poquito a poco. Siguiendo sus órdenes puse la mesa en la cocina. Después me indicó lo del café: Betta lo tomaba descafeinado, Saverio no.

A continuación, preparamos juntos las cafeteras, juntos utilizamos el exprimidor, y me regañó varias veces porque tendía a tirar las mitades de las naranjas con pulpa llena de zumo en los bordes. «Juntos» supuso casi siempre que incluso en las tareas para las que él carecía de fuerza o destreza, se empeñó en que las hiciéramos poniendo sus manos sobre las mías, y se ensombrecía si yo tendía a excluirlo.

—¿Ha sido tu madre quien te ha enseñado todas estas cosas?
—Ha sido papá. Él nunca hace nada solo, siempre lo tengo que ayudar.
—¿Y mamá?
—Mamá está nerviosa, chilla y va deprisa.
—¿Te ha dicho papá que no debes encender el fuego?
—¿Por qué?
—Porque te quemas.
—Si sabes que te puedes quemar, tienes cuidado y no te quemas.
—Puedes quemarte, aunque tengas cuidado. Prométeme que mientras estemos juntos nunca encenderás el fuego sin mí.
—Cuando estás tú, ¿no me quemo?
—No.
—¿Y si te quemas tú?

Quiso tranquilizarme en caso de que me quemara. Me dijo que en el baño había una taquilla con una cruz roja en la puerta. Dentro había una pomada que ya sabía cómo usar porque las veces que se había quemado su padre se la había puesto para que se le pasara el ardor.

—No es pegajosa —me tranquilizó.

Y justo cuando yo ya no podía más —entretenerlo, sí, pero empezaba a sentirme atrapado dentro de su tono de instrucciones de uso—, apareció Betta. Suspiré aliviado.

—Ay, Dios mío —exclamó mi hija fingiendo un enorme entusiasmo ante la mesa puesta.

—Lo hemos preparado todo el abuelo y yo.

Ella elogió al niño, lo levantó en brazos, lo besuqueó en el cuello haciéndole reír por las cosquillas.

—Qué bien se está con el abuelo, ¿eh?

—Sí.

—¿Y tú estás bien con Mario, papá? —dijo Betta dirigiéndose a mí.

—Mucho.

—Menos mal que te decidiste a venir.

Entretanto apareció también Saverio y, sin que nadie se preocupara, el niño encendió enseguida los fogones del café descafeinado y no descafeinado. Eché un par de sobrecitos en la tetera con agua hirviendo y por fin pasamos al desayuno, un desayuno muy alejado de los solitarios y frugales que tomaba todas las mañanas en Milán. No hubo un momento de silencio, el padre y la madre —aunque con mayor hostilidad recíproca— no hicieron más que alentar el cotorreo de su hijo. Pero poco después Betta anunció que iba corriendo a arreglarse, tenía el día repleto y —se quejó— todavía no había hecho la maleta, no había pensado qué iba a ponerse en Cagliari y al día siguiente tendría que levantarse a las cuatro porque el avión salía a las nueve.

—Pero te he preparado una lista de las cosas de las que tienes que ocuparte cuando nos vayamos, por favor, papá, míratela —me dijo.

Salió llevándose a Mario, que debía asearse y vestirse para ir a la guardería, y que mientras tanto no dejaba de repetir:

—No quiero ir, quiero quedarme con el abuelo.

—¿En estos días tendré que llevar al niño a la guardería? —pregunté a Saverio con cautela.

—Pregúntaselo a tu hija, a mí no me ha dicho nada.

—A lo mejor tienes que darle un margen de confianza, te muestras muy desconfiado y eso la irrita.

—¿Cómo no voy a ser desconfiado si se comporta como se comporta? ¿Sabes adónde va esta mañana?

—Dímelo tú.

—A leerle su ponencia a ese cabrón, *chillustrúnz*.

—¿Qué tiene de malo?

—Nada. Pero explícame por qué él no me ha convocado también a mí, por qué no ha querido leer también mi intervención.

—Será porque no sois amigos desde el bachillerato.

—O sea, ¿que le asignó a Betta una de las ponencias introductorias por amistad mientras que a mí me puso el segundo día?

Lo miré desorientado.

—¿Ese director tiene algo que ver con el congreso de Cagliari?

—Claro que tiene que ver, lo ha organizado él.

—¿Y va a ir con vosotros?

—¿No lo habías entendido?

No me dio tiempo a hacer comentarios. Furiosa, Betta llamó a su marido desde el baño: ¡Te toca a ti llevar a Mario a la guardería!, le gritó exasperada pasando casi a la carrera por el pasillo dejando una estela de perfume, ¿o estás haciendo como que te has olvidado? Saverio se levantó de un salto, lo miré alejarse en un estado de confusión. Según Betta, su marido era un matemático de cierto relieve, pero yo no podía creer que una persona con una mente ordenada tuviera comportamientos tan rudos. Supongamos que Betta sienta de veras simpatía por este director, pensé, ¿de veras es Saverio tan tonto para creer que podrá impedir que la simpatía se transforme en otra cosa? En cada estación del año, el placer sexual, separado definitivamente de la reproducción de la cual, en su origen, solo fue un incentivo, rezumaba humores sin cesar por todo el planeta y no había manera de controlarlo, lo que tenía que pasar pasaría de todos modos, era un impulso deslizante de los cuerpos que arrastraba sin piedad a maridos, mujeres, hijos, afectos, economías. Betta reapareció. A las ocho y media de la mañana estaba maquillada y vestida como si fuera a ir a una discoteca. Empujó hacia mí a Mario, peinadísimo, elegante él también, listo para la guardería.

—Abuelo, dile a Mario que hoy tiene que ir al colegio —me ordenó mi hija.

—Mario, déjate de cuentos, tienes que ir —dije adoptando un tono solemne.

—Quiero quedarme contigo.

—Tú no quieres nada —resopló Betta—. A partir de este momento haces todo lo que te diga el abuelo. —Besó a su hijo en la cabeza, se despidió de mí y desapareció.

El niño repitió vigilándome con la mirada:

—No voy a la guardería.

6

Mario se mantuvo firme en su decisión buscando con la mirada un consentimiento que no le di. Su padre no dijo ni que sí ni que no, se limitó a llevárselo a rastras, los dos llegaban muy tarde. Abuelo, murmuró el niño, deprimido, antes de subir al ascensor, no te muevas de aquí, espérame. Asentí, cerré la puerta con alivio.

Desganado, di vueltas por el apartamento vacío, mientras mentalmente comparaba los espacios que había dibujado por la noche con la casa de hoy. Hacía tiempo que la gran sala había quedado reducida a la mitad; la otra mitad había sido convertida en un estudio con un escritorio hipermoderno y con las paredes cubiertas de estantes hasta el techo. En la entrada también habían hecho obras. A mi llegada no me había fijado, pero ahora me di cuenta de que habían levantado una pared con una puerta flamante. La abrí, entré en un cuartito, también abarrotado de libros, pero con un escritorio viejo y un incongruente olor a ajos, cebollas y detergentes. Abrí de par en par la antigua ventana que daba a la terracita y descubrí que también la habían modificado. Ahora era un balcón acristalado donde mi hija amontonaba cuanto necesitaba para la cocina: el olor a ajos, cebollas y detergentes provenía de ahí. No dudé de que mientras el estudio más amplio pertenecía a Betta, aquel cuartito minúsculo debía de ser el lugar donde trabajaba Saverio.

Regresé al pasillo, fisgoneé en el dormitorio. Había mucho desorden; sobre la cama sin hacer, esparcidos como cáscaras marchitas, estaban los vestidos que mi hija debió de probarse para descartarlos después, antes de decantarse por otro que le parecía que le sentaba mejor. Mientras aquel dormitorio había sido ocupado por mi padre y mi madre, me había parecido enorme, pero ahora que Betta había metido dos armarios inmensos que llegaban al techo y una cama matrimonial tan amplia que quien dormía en ella debía de tener la impresión de dormir solo, era como si se hubiese encogido.

Miré alrededor, hojeé los libros encima de las mesitas de noche, salí a la galería. Allí me asaltó el ruido habitual del tráfico. El viento había amainado, el cielo estaba negro e inmóvil, ya no llovía. Reconocí la larga cadena de viejos edificios alineados a partir de la piazza Garibaldi, contemplé unos minutos la procesión de viandantes en la acera de abajo y el cortejo de coches que iban hacia via Marina. Cuando vi que me había mojado inadvertidamente los codos del suéter en la barandilla, me metí en casa.

Aquella exploración había bastado para comprobar que, excluida la sala, donde había un cuadro mío grande con masas de color rojo y azul, gran parte de las obras y obritas que le había regalado a mi hija a lo largo de los años no estaban expuestas, vete a saber dónde las habrían escondido ella y su marido. Saverio siempre había fingido tener una excelente opinión de mis trabajos, pero mi hija nunca se había esforzado en reconocerme mérito alguno. Qué era el mérito, al fin y al cabo, no había nada más inestable. En los últimos años habían dejado de reconocérmelo como antes, habían cambiado demasiadas cosas. En fin, paciencia, me dije, qué importancia tiene, lo esencial es que sigo trabajando. Sobreponiéndome a la melancolía, decidí dar un paseo, ya que a partir del día siguiente, como tendría que ocuparme del niño, no sería posible. Así que regresé a la habitación de Mario, que seguía a oscuras. Me puse el abrigo, cogí el sombrero, comprobé si llevaba la cartera y, sobre todo, las llaves que Betta me había dado haciéndome jurar que jamás me las olvidaría. Tenía razón, el cerebro empezaba a fallar, debía prestar atención. Tuve ganas de acabar con la exploración de la casa y echar un vistazo al balconcito, de modo que subí la persiana.

Era un lugar que asustaba mucho a mi madre, que se asomaba con cautela y no quería que mis hermanos pequeños salieran allí solos. Abrí la puertaventana flamante. El balcón no era normal, todos los balcones de aquel lado no lo eran, tenían forma de trapecio, se proyectaban en el vacío estrechándose. El nuestro estaba en la sexta y última planta, y tal vez por eso mi madre, que en general no tenía vértigo, no soportaba bien el efecto de ahusamiento; decía que, si miraba hacia abajo, se sentía mal. Cuando había que sacar o entrar algo, llamaba a mi padre, y si no estaba él o estaba nervioso, me llamaba a mí, el mayor de sus hijos. Yo cogía lo que ella necesitaba, pero a traición daba un brinco y llegaba al extremo del balconcito y me ponía a saltar para que vibrasen la plataforma, la barandilla, y la miraba —en el hueco de la puerta— mientras mi madre reía y al mismo tiempo se moría de miedo.

Me gustaba aquella apariencia de riesgo. De niño me sentaba en el suelo del balcón y, sobre todo en primavera, me ponía a leer, a escribir, a dibujar. Recordé que había un cielo enorme, se veían las cúspides de la estación. Y allí, en el vacío, me sentía como si estuviese de guardia en una torre o haciendo de vigía en lo alto del palo mayor, esperando avistar vete a saber qué. Pero aquella mañana, cuando asomé la cabeza, no encontré el placer de entonces, es más, creo que comprendí la angustia de mi madre. El balcón era una losa larga y fina proyectada sobre la mancha gris del asfalto; al aventurarse a pisarla uno tenía la impresión de poner los pies sobre una lasca a punto de desprenderse del edificio. Tal vez —me dije— es la forma trapezoidal la que sugiere un saliente excesivo: la recta ideal que discurre a lo largo de la puertaventana parece encontrarse lejísimos de su paralela que corta el vacío; tal vez, lo más probable sea el estado de debilidad en que me encuentro, es la vejez lo que hace que me sienta inseguro y expuesto. Lo cierto es que permanecí prudentemente en el umbral, con el abrigo puesto, el sombrero en la mano, mirando el cielo, la barandilla que destilaba gotas luminosas de lluvia y un cubo de plástico por el que asomaba algún juguete, con una cuerda atada del asa.

—Tu teléfono está sonando —dijo una voz de mujer a mi espalda, y me sobresalté. Mientras me volvía de golpe pensando en las sombras de mi abuela, de mi madre, de Ada, la voz añadió—: Perdona, soy Salli.

Era la señora de la limpieza. Mi móvil, que probablemente me había dejado en la cocina, zumbaba en su mano tendida. Tenía quizá algo más de sesenta años, la cara regordeta, alegre, grandes ojos. Se disculpó muchas veces por haberme asustado; llevaba llaves y había entrado como todas las mañanas sin pensar que podía sobresaltarme.

—No me he asustado, me he sorprendido —aclaré.

—Susto, sorpresa; es lo mismo.

—No, no es lo mismo.

Le quité el móvil, que seguía zumbando; era el editor.

—Recibí las dos láminas —anunció con un tono ligero.

Me dio por animarlo a expresar un juicio positivo.

—Han salido bien, ¿no?

Siguió un silencio de unos segundos. Estaba acostumbrado a que me elogiaran siempre, hiciera lo que hiciese. Además, al envejecer, lo daba por sentado, pues era muy improbable que alguien me dijese brutalmente: No, has hecho un trabajo muy malo. Pero había subestimado el hecho de que hablaba con un joven de treinta años, cargado de dinero y de afán innovador.

—No he visto lo que esperaba —dijo el editor.

—Bueno —repuse, fingiéndome divertido—, mire un poco mejor.

—He mirado con atención y habrá que trabajar un poco más.

Me quedé helado. Quería reaccionar, pero me pareció ridículo sostener que las láminas eran magníficas, ni siquiera yo me lo creía. Lo dejé hablar. Y habló mucho, habló de brillo, consideraba que esa palabra expresaba la calidad indispensable en una edición de lujo como la concebía él. Me esforcé por entender, daba la impresión de que se refería a los colores. Pero cuando le pedí que se explicase mejor, me salió con que mis láminas carecían de brillo, como una falta de oxígeno.

—No se lo tome a mal —me dijo—, pero así no se produce ni energía ni inteligencia.

Me decanté por el camino de la ironía paternal.

—Si usted quiere que oxigene más las láminas, lo intentaré.

Se molestó.

—Sí, de acuerdo, oxigénelas. Esta expresión que tal vez a usted lo divierta, a mí me parece seria y adecuada. ¿Cómo lleva las otras láminas?

—Las llevo bien —mentí.

No se tranquilizó. Dijo que una edición de lujo supone un gran esfuerzo, que ya había movilizado a personas de refinada pericia, que necesitaba el material lo antes posible. Era joven y creía que, si usaba un tono agresivo, se convertiría en una autoridad. Le conté unas mentiras más detalladas y colgué. Solo entonces caí en la cuenta de que me ardían las manos y tenía la espalda bañada en sudor. Las láminas no le habían gustado, y eso era un verdadero fastidio. Sin embargo, lo que más me molestaba era que el muchacho me lo hubiese dicho con tanta franqueza. Me metí el móvil en el bolsillo, noté que empezaba a dolerme la cabeza. No me gustó que Salli estuviera quitándose un zapato sentada en mi cama y ella lo notó.

—Son nuevos, me hacen daño —se justificó, se calzó enseguida y se levantó.

—Voy a dar un paseo.

—De acuerdo. ¿Estás contento con el nietecito?

—Sí.

—No vienes mucho por aquí.

—Vengo cuando puedo.

—Qué bonito es Mariuccio, pero de vez en cuando hay que regañarlo. Fíjate qué desorden, y además se ha dejado los juguetes fuera, llevan ahí unos cuantos días.

Resopló, pidió permiso y salió al balcón. Era una mujer pequeña pero pesada, sentí la tentación de decirle: Déjelo estar, no salga. Pero evidentemente ella no se angustiaba como yo. Se acercó al cubo, aunque el balcón vibraba a su paso, sacó los juguetes y tiró por encima de la barandilla el agua de lluvia acumulada en el fondo.

—Dejan al niño jugar aquí fuera con este frío —se lamentó.

—Así se cría fuerte.

—Estás bromeando. De acuerdo, los abuelos tienen que bromear y hacer reír, pero también que preocuparse un poco.

Le contesté que me preocupaban sobre todo los días que debía pasar solo con Mario, que tenía mucho trabajo.

—¿Usted qué horario hace? —le pregunté.

—De nueve a doce. Pero pasado mañana no vengo.

—¿Cómo que no viene?

—Tengo que ver a una persona, es importante.

—¿Mi hija lo sabe?

—Sí, lo sabe. ¿Qué te preparo para comer?

—Lo que usted quiera.

Ahora, además de amargado por la mala educación de mi cliente, estaba enfadado con Betta. Me había dicho (o al menos eso había entendido yo) que Salli iría todos los días. Pero no era así. Cerré la puertaventana, tenía frío incluso con el abrigo puesto. Alguien llamó al portero automático una, dos, tres veces. Timbrazos prolongados, seguidos, cargados de urgencia.

7

Era Saverio. Salli bajó corriendo sin darme explicaciones y reapareció poco después con Mario, que estaba radiante.

—Papá me ha traído de vuelta a casa —dijo.
—¿Y eso?
—La maestra estaba enferma.
—¿Y no había otra maestra?
—No quiero quedarme con otra maestra, quiero quedarme contigo.
—¿Cómo has hecho para convencer a tu padre?
—He llorado.

Le pregunté a Salli si podía dejarle al niño una hora, tenía un problema de trabajo y necesitaba reflexionar. Contestó que iba con el tiempo justo, la casa era grande y que le daría una verdadera alegría si los dos, abuelo y nieto, salíamos a pasear hasta la hora de comer. Cómo rebatir aquello. Le dije a Mario que dejara la mochilita y se viniera conmigo. El niño se mostró entusiasmado, Salli le dijo:

—Ve a hacer pipí, Mariuccio. Siempre hay que hacer pipí antes de salir. ¿No, abuelo?

Salimos, el viento era gélido. Me subí el cuello del abrigo, me encasqueté el sombrero, le coloqué bien la bufanda alrededor del cuello al niño. Por último, para que entendiera sin dudas mi intransigencia, le recalqué:

—Mario, que quede claro, no voy a llevarte en brazos.
—Está bien.
—Y no tienes que soltarte de mi mano, por ningún motivo.
—Sí.

—¿Qué tienes ganas de hacer?

—Vamos en el metro nuevo.

Fuimos en dirección a la piazza Garibaldi, pero al cabo de un trecho la propuesta de Mario no me gustó. La plaza, donde se encontraban las salidas de la estación, era un apretado entramado de gente con prisas, vendedores de todas las mercancías posibles, desocupados, coches, autobuses. Incluso la entrada del metro estaba abarrotada; me pareció insoportable bajar por ahí, necesitaba aire. De modo que decidí retroceder.

—Abuelo, el metro está por allí.

—Te enseño el camino que hacía cuando iba al colegio.

—Dijiste que iríamos en metro.

—Lo dijiste tú, no yo.

Quería andar mucho y olvidar la voz del editor. Esto último resultó arduo. Repasé mentalmente la conversación telefónica, traté de encontrar los aspectos positivos. Saber que las dos pruebas —me dije— no le han gustado me permite cambiar de rumbo sin demasiados problemas dado que el trabajo está al comienzo. Pero de inmediato me repliqué a mí mismo: ¿cambiar de rumbo para ir adónde? Era probable que de veras hubiese hecho un mal trabajo. Era probable que la hemoglobina baja, la ferritina, aquel viaje obligado me hubiesen impedido dar lo mejor de mí. Pero ¿y el respeto? Aquellas dos láminas provenían de mi historia, de lo que yo era, de lo que había hecho con éxito durante años. Si aquel joven presuntuoso me había encargado el trabajo, si me había dicho: Ilústrame este James, era gracias a mi nombre, a todo lo que había inventado a lo largo de mi vida. ¿Qué quería, entonces? Y yo mismo, por otra parte, ¿a qué me refería cuando decía que estaba a tiempo de cambiar de rumbo? El rumbo era uno solo, el que había seguido de los veinte a los setenta y cinco años. Y seguramente las dos láminas podían mejorarse, pero provenían de esa trayectoria: solo desde dentro de esa trayectoria, compuesta de decenas y decenas de obras apreciadas, podían retocarse aquellas láminas.

Amargado, metí las manos en los bolsillos y, con la cabeza gacha, enfilé hacia via Marina. Mario me zarandeó.

—Abuelo, me has soltado la mano.
—Tienes razón, perdona.
—Esta calle es fea, papá y yo nunca pasamos por aquí.
—Mejor, así conoces lugares nuevos.

Era el espacio de mi adolescencia, callejuelas, calles, plazas, cauces vertiginosos entre los mil trapicheos de Forcella, de la Duchesca, del Lavinaio, del Carmine, hasta el puerto y el mar, una zona amplia estriada sin cesar por un flujo de voces locales —charlas de los viandantes, gritos desde las ventanas, ceremonias en el umbral de las tiendas—, que resonaban tiernas y violentas, educadas y obscenas, enlazando tiempos lejanos, mi ahora de viejo con el niño y aquel entonces en que había sido un muchacho. Aunque nunca me lo dijera, yo sabía que Saverio insistía desde hacía años en cambiar de zona, quería convencer a Betta de que vendiera el apartamento y compraran otro en un barrio acorde con su condición de profesores. Yo le había dicho a mi hija que vendiera como y cuando quisiera, desde hacía muchos años yo ya no pertenecía a aquellas calles y aquella ciudad. Pero ella estaba muy unida a Nápoles y, a diferencia de mí, amaba aquella casa o, mejor dicho, amaba la memoria de su madre.

—Aquí —le dije al niño indicándole un cierre metálico cubierto de grafitis obscenos—, cuando era niño, había una señora gorda, enorme, que freía *graffe*. ¿Sabes qué son?

—Rosquillas con azúcar.

—Muy bien. A veces me compraban una y me la comía sentado en aquellos escalones.
—¿Eras pequeño como yo?
—Tenía doce años.
—Entonces eras grande.
—No lo sé.
—Es así, abuelo, eras grande. Yo soy pequeño.

Caminamos un buen rato. Fuimos hacia Sant'Anna alle Paludi y después hacia Porta Nolana. Al principio, el niño intentó pararse delante de cada tiendecita china de baratijas, de cada ciclomotor o moto aparcados que quería examinar para demostrarme sus conocimientos. Pero como tiré de él sin prestarle atención, acabó siguiéndome, por lo general, en silencio. Algunas veces fui yo quien le dirigió la palabra, pero solo para recordarme a mí mismo que estaba allí, que lo llevaba de la mano. Por lo demás, seguí dándole vueltas a las palabras del editor, y dado que lo bueno que podía encontrar en ellas resultó cada vez más tenue, la irritación inicial se transformó en rabia. En el colegio esa palabra no gustaba, los maestros y profesores nos corregían. Rabia, no —nos reprendían—, se dice cólera, rabia es lo que tienen los perros. Pero la lengua napolitana que se hablaba en el Vasto, el Pendino, el Mercado —los barrios donde me había criado y donde antes se habían criado mi padre, mis abuelos y mis bisabuelos, tal vez todos mis antepasados—, desconocía la palabra «cólera», la cólera de Aquiles y de otros personajes de los libros; esa lengua solo sabía de *'a raggia*. La gente de esta ciudad, pensé, de estos barrios, plazas, calles, callejones y muelles del puerto llenos de cansancio, de cargas y descargas ilegales, se *arraggiava*, no se encolerizaba. Se *arraggiava* en casa, en la calle, sobre todo cuando iba en busca de dinero y no lo encontraba. Y a menudo bastaba el menor pretexto para pelearse con otros *arraggiati*. La *raggia*, sí, la *raggia*, déjate de cólera. ¿Te has encolerizado? ¿Os habéis encolerizado? ¿Se han encolerizado? Qué va. Los maestros y profesores nos dotaban de un vocabulario inservible en aquellas calles. Allí había una ciudad de perros y la cólera no tenía nada que ver con los ojos inyectados de sangre que se me ponían en calles como la que estábamos a punto de enfilar ahora y que llevaba al corso Garibaldi. Cuando salía del colegio y no tenía ganas de volver a casa porque estaba furioso con mis compañeros matones, con los profesores sádicos, la rabia era lo que me rompía el pecho, los ojos, la cabeza, y para calmarme tomaba el camino más largo hasta Porta Nolana; a veces me metía por via Marina, otra veces, con la sangre todavía hirviendo, me iba hacia el Lavinaio, al Carmine, caminaba, huraño, por espacios en ruinas, llegaba al puerto. Y cuidadito con que a lo largo del trayecto alguien chocara distraídamente conmigo, maldecía a los santos y las vírgenes, no estaba encolerizado, sino *arraggiato*, rabioso, y reía con sorna, después escupía, soltaba puñetazos esperando recibirlos. Nadie que me conozca hoy lo diría, pero era precisamente así. Qué maravilloso sería, me dije, regresar a Milán y después de más de medio siglo resurgir como era de adolescente, irme derechito al corso Genova, meterme en el edificio donde están las oficinas de la editorial, subir al tercer piso y, sin rodeos, escupirle a la cara a ese señorito maleducado que había criticado sin ningún respeto mi trabajo, no solo aquellas láminas, no, sino todo el trabajo de mi vida. Lástima que la época de la *raggia* hubiera muerto, la había reprimido en tiempos pasados.

—¿Tú sabes lo que es la *raggia*? —le pregunté a Mario.
—No se habla así, abuelo.
—¿Te lo ha dicho papá?
—No, mamá.

—Tiene razón. Y no debes hablar así.
—¿Puedo decirte una cosa?
—Puedes decir lo que quieras.
—Tengo la garganta un poquito seca.
—¿Estás cansado?
—Sí, mucho.
—¿Y qué se hace cuando estás cansado y tienes la garganta seca?
—Dímelo tú.
—¿Un zumo de fruta?

Entramos en el primer bar que encontré, un lugar sin luz, ni siquiera eléctrica. Era un local pequeño que no olía a café ni a golosinas sino a suciedad y tabaco; mis ojos tardaron en acostumbrarse. Miré alrededor en busca de unas sillas, vi una sola mesita redonda, metálica, a unos centímetros del mostrador detrás del cual un hombre de unos cuarenta años, delgadísimo, con grandes entradas, ordenaba un estante asqueroso. Dije: Quisiéramos un zumo de fruta y un café, pero queremos sentarnos porque estamos cansados, y señalé la mesita sin sillas. El hombre se animó de golpe, chilló: Tití, *porteddoiseggiosignóre*. De la trastienda salió una chica con dos sillas de plástico y metal. Me senté enseguida, Mario se encaramó a la suya. La chica dijo: *Commesítebiànk*, qué pálido está. Y me sirvió un vaso de agua. Bebí un sorbo, le di las gracias.

—¿De qué quieres el zumo? —le pregunté a Mario.

Él lo pensó serio, luego dijo:

—De manzana.

—*Quantèbellíll*, ¡qué guapo es! —exclamó la chica.

Las palabras en dialecto me pertenecían y al mismo tiempo eran una cadena de sonidos extraños. El hombre y la chica hacían de ellas un uso benévolo, casi empalagoso, pero el tono de fondo era el mismo que el de la violencia. Solo en esta ciudad, pensé, las personas están tan auténticamente dispuestas a ayudarte y tan decididas a cortarte el cuello. Yo ya no sabía ser ni agresivo ni cortés según las normas de Nápoles. Mis células debían de haber expulsado los fragmentos de la furia para enterrarlos como desechos tóxicos en lugares secretísimos y, en un momento determinado se había impuesto una gentileza distante, por completo distinta de aquella tan entusiasta del hombre, que me preparó enseguida el café, como de la chica, que me lo sirvió en una bandeja junto con el zumo del niño, como si entre la mesita y el mostrador mediara una considerable distancia y no pudiera servirme yo mismo la tacita y el vaso alargando la mano.

—Abuelo.
—¿Sí?
—No hay pajita.

La chica regresó a la trastienda —que imaginé como una gruta tenebrosa que se abría en los cimientos del edificio— y no tardó en reaparecer con una pajita. Mario empezó a sorber el zumo, yo me tomé el café. Estaba bueno y, después de tantos años, me entraron ganas de fumar. Aquel deseo repentino me aguzó la vista, vi los paquetes de cigarrillos alineados en una estantería, el hombre también vendía tabaco. Le pedí unos Ms y una caja de cerillas. Él le pasó los cigarrillos y las cerillas a la chica, la chica me los pasó a mí.

—Fume —me invitó el hombre con un gesto amplio, de abajo arriba.
—No, gracias, fumo fuera.
—No hay como un cigarrillo después del café.
—Es verdad.
—Entonces, fume.

—No, gracias de nuevo, pero no.

Me entraron ganas de dibujar a aquel hombre, su gesto de bondadosa concesión; saqué un rotulador y la libreta. Me hubiera gustado decirle al editor, desde lejos, desde el fondo oscuro de la ciudad en la que había nacido: Esta es mi manera de estar en el mundo, ¿cómo te has permitido hablar mal de ella?. Dibujé deprisa, como si temiera que el hombre, la chica, el bar se desvanecieran o me desvaneciera yo. Mientras sorbía ruidosamente con la pajita, Mario se inclinó para ver qué hacía y también se acercó la chica, que exclamó con un tono de felicidad repentina:

—¡Papá, ven!

El padre salió de detrás del mostrador, echó un vistazo al dibujo, dijo en un italiano tan forzado como avergonzado:

—Es usted muy bueno.

—Mi abuelo es un artista famoso —intervino Mario.

—Se nota —dijo el hombre. Y añadió—: Yo también sabía dibujar, después se me pasó.

Lo miré perplejo, me impresionó que hubiese hablado de su inclinación como de una enfermedad, cerré la libreta. ¿Qué me había permitido sustraerme a la ciudad, sentirme cada vez más alejado, en lo bueno y lo malo, de aquel ambiente, de gente parecida a aquel hombre, cuando de hecho, a pesar de la diferencia de edad, seguramente él y yo habíamos tenido una infancia y una adolescencia similares? Y estaba también la chica. Debía de tener la misma edad que Mena, a la que quise hacía tanto tiempo, antes de que esas calles —ella vivía por aquella zona— se la llevaran del resto de mi vida. Durante meses ella y yo nos habíamos sentido a gusto juntos. Después, una tarde, Mena me dio un largo beso, un beso profundo, y no quiso verme más. Yo ya empezaba a no saber ser como había que ser, como nos habían enseñado a ser. Dibujaba, pintaba y gracias a aquella habilidad, sin darme cuenta, estaba apartándome. Y al apartarme, en vez de gustarle más, le resultaba desagradable, igual que si tuviera una erupción violácea en la piel. ¿Tantos aires porque dibujaba figuras, porque creí que me convertiría en a saber quién? Ni siquiera tienes permiso de conducir —me había dicho el día anterior—, no puedes llevarme a ninguna parte, y aunque vivas en una casa bonita, tu madre no puede comprarte zapatos nuevos, a veces ni siquiera tiene para cocinar, porque tu padre se juega el sueldo a las cartas.

Tenía razón, mi padre era conocido en todo el barrio por eso, se lo jugaba todo, todo, todo, y no para ganar —raras veces ganaba—, sino por lo que llamaba el escalofrío de las cartas *trezziate* entre las manos, brujuleadas, miradas de reojo, una materia viva y mutante bajo los dedos que intentaban plasmarla según el deseo y la espera, casi la reinventaban. Odiaba a aquel hombre. Toda mi infancia, toda mi adolescencia habían sido un esfuerzo permanente por encontrar la manera de romper la cadena de la descendencia. Quería identificar un rasgo mío, solo mío, que me permitiera escabullirme de su sangre. Y lo había encontrado en la capacidad de rehacer a lápiz cualquier cosa. Pero al enseñarle aquella habilidad mía, de entrada, Mena se había quedado boquiabierta, y después había empezado a burlarse de mí. Decía: ¿Te crees que convertirnos en monigotes, a mí y a todos, te hace ser mejor que nosotros? Y así, no tardó en conocer a muchachos que tenían permiso de conducir y los sábados un coche todo para ellos. Eres supercerrado, me dijo, eres un creído, y me dejó.

Esperé a que Mario terminase el zumo, pero era evidente que ya no le apetecía, porque en lugar de sorberlo con la pajita, soplaba haciéndolo rehervir con un ruido desagradable, y sonreía a intervalos fijos mirándome para saber si su proeza contaba con mi aprobación. Para ya, le dije. Pagué, le dejé una propina a la chica.

—Es demasiado —protestó ella lanzando una mirada interrogante a su padre.

—El café estaba bueno —dije.

—Y también el zumo —se entrometió Mario.

—Gracias —dijo él en nombre de su hija, y me pareció que me miraba con hostilidad, como si mientras pagaba y dejaba propina, le hubiese robado algo a escondidas.

Fuera, entre nubes blanquísimas, se veía ahora un poco de cielo azul, pero volvía a soplar el viento. Saqué un cigarrillo del paquete ante los ojos asombrados del niño.

—No hay que fumar, abuelo.

—El abuelo está viejo y hace lo que le da la gana.

Qué rico olor. Cuando Mena todavía me quería, con las cerillas sabía vencer al viento ante su mirada de admiración. En un santiamén pasaba la llamita aún débil al refugio entre la palma y la cajita. Era capaz de hacerlo antes de que el viento la apagara. Lo intenté ahora. Froté la cerilla contra el lado cubierto de esmeril de la caja, pero la llamita se apagó enseguida, no me dio tiempo a acercar el cigarrillo. Lo intenté, volví a intentarlo, Mario me miraba. Para encenderlo tuve que meterme en un portal. Otra cosa más que había desaparecido, había perdido la coordinación de los gestos, había perdido desenvoltura. Por un momento me sentí parte insignificante de un larguísimo proceso de disgregación, una esquirla destinada a sumarse pronto a los materiales orgánicos e inorgánicos que, en la tierra y en el fondo de los mares, se compactan desde el Paleozoico.

—¿Volvemos a casa? —preguntó el niño.

—¿Estás cansado?
—Sí.
—¿La guardería era mejor que el abuelo?
—No.
—¿Entonces?
Me miró de abajo arriba con aire afligido.
—¿Me llevas en brazos?
—Ni hablar.
—Es que estoy cansado, me duelen los pies.
—Yo también estoy cansado y me duele una rodilla.
—Ya, pero yo tengo un dolor en toda esta pierna.

Polemizamos con el yo; yo, yo, yo, tan enérgico y, sin embargo, tan parecido a un piar quejumbroso, salía uno, seguía otro. Aupé a Mario asegurándole que a los cinco minutos exactos lo dejaría de nuevo en el suelo. Había apreciado los libros, pero no le habían gustado las ilustraciones. Son oscuras, había dicho, la próxima vez hazlas más claras. Y se había expresado de aquel modo no como el editor sobre las láminas que yo había hecho con desgana unos días antes, sino sobre imágenes de hacía años, trabajos muy elogiados, que yo apreciaba. Y me lo creí, aunque desde siempre había considerado aquellos libros como logrados. Todo se desmorona en pocos segundos, las opiniones, las certezas. Tal vez, pensé, mis ilustraciones ya no le dicen nada a un niño.

8

Encontramos el apartamento en el orden y la pulcritud que Salli le había impuesto. La mesa de la cocina estaba puesta para dos, comimos lo que ella nos había preparado. Me sentí tentado de dormir un rato, estaba cansadísimo, había llevado a Mario en brazos un buen trecho, y convencerlo de que no conseguiría cargar con él hasta casa había resultado arduo. Pero en cuanto traté de tumbarme en la cama, el niño colocó unos cuantos de sus muñecos a mis pies y empezó a jugar esperando que tarde o temprano yo participara. Entonces renuncié a dormir, dije: Mientras tú juegas, el abuelo va a trabajar un poco. No me contestó, simuló estar muy ocupado para ocultar el disgusto.

Me fui a la sala con lápices, rotuladores, álbumes, ordenador, todo lo que me había llevado. Quería reunir las ideas, leer otra vez los párrafos del relato de James sobre los que pensaba trabajar. Pero no sé por qué, aquella lectura hizo que me volviera a la cabeza el hombre del bar y busqué en la libreta el bosquejo que había hecho. Si era cierto que el dueño del bar supo dibujar y después aquella capacidad se le había pasado como una fiebre, la persona que yo había retratado era lo que quedaba de una posibilidad. Por eso, quizá, me había llamado la atención. Por eso, durante unos segundos, había vislumbrado a su lado una silueta blanca y la había esbozado de costado, mientras a él le había puesto con trazos decididos de rotulador una cara torcida, toda marcada, manos regordetas. Traté de rehacer el dibujo en una hoja más grande. El hombre del bar era la vida en su forma definida, en su duración, mientras que la borrosa silueta blanca, esa sí, esa era un fantasma. Sin embargo, me había equivocado al dibujarlos uno junto al otro. En otros tiempos quizá habían estado muy próximos, pero la fuerza de las cosas se había adensado poco a poco alrededor del hombre del bar, y la separación se había vuelto inevitable. De dónde he venido yo, me dio por pensar, de qué me he separado. Y la pregunta suscitaba ya imágenes cuando me llegó la voz de Mario:

—¿Qué estás haciendo, abuelo? Ven, papá ha vuelto.

Saverio, todavía con el impermeable puesto, se asomó para decirle a su hijo: No molestemos al abuelo. Tenía una expresión muy taciturna, farfulló que Betta se había quedado en la universidad y pronunció «universidad» como si no fuera su lugar de trabajo sino un pub donde mi hija bebía, esnifaba y cantaba con voz ronca y ligera de ropa. No hice comentarios y él me informó de que se iba a encerrar en su estudio para dar los últimos retoques —usó esa palabra— a su ponencia. Mario no lo siguió, se quedó esperando en el umbral de la sala, sin decir nada. Conque no molestes al abuelo, ¿eh? Suspiré, me levanté, dije: De acuerdo, vamos a ver tus juguetes.

Se alegró mucho, quiso enseñármelos uno por uno, y no eran pocos. Enumeró nombres y funciones de los muñecos variados y repulsivos que él adoraba; después, sin preguntarme si quería jugar, me introdujo en un mundo de su invención, ya organizado, dentro del cual debía hacer exactamente lo que me decía. En cuanto me equivocaba, pasaba a los reproches cordiales: Abuelo, no entiendes, tú eres un caballo, ¿no ves que eres un caballo? En cambio, si me distraía, se apenaba, decía serio: ¿Ya no quieres jugar más?

Me equivoqué con frecuencia, me distraje muchísimo. Estaba como aplatanado por el aburrimiento y me ocurría que sin darme cuenta me deslizaba otra vez dentro del cuento de James, el dibujo del hombre del bar. Durante unos segundos veía imágenes que me parecían buenas, me habría gustado tratar de dibujarlas. Pero Mario me decía: Abuelo, ojo con el oso, y con muchos otros animales que, según él, en ese preciso instante, me estaban atacando en mi calidad de caballo. O bien me entraba sueño, porque la energía visionaria del niño entorpecía la mía, me deprimía, y entonces notaba que se me cerraban los ojos. Solo volvía en mí gracias a una sacudida y a la voz severa de Mario, que me llamaba.

Confié en una pausa reparadora cuando el niño, evidentemente entristecido por mi escasa participación, dijo que se iba a ver a su padre para preguntarle si quería jugar con nosotros. No hice nada para impedírselo, me tendí en la cama. Pero él regresó casi enseguida, me sacó del duermevela, dijo con amargura que su padre le había prometido jugar en cuanto terminara con su trabajo. Mientras, juguemos nosotros, propuso sin entusiasmo.

Me incorporé apoyándome en los codos y le pregunté:

—¿Tienes amigos?
—Uno.
—¿Uno solo?
—Sí, vive en el primer piso.
—¿Aquí, en este edificio?
—Sí.
—¿Y nunca vas un rato a su casa?
—Mamá no me manda.
—¿Y él no viene aquí?
—No, no lo mandan.
—¿Es pequeño?
—Tiene seis años.
—Entonces es grande.
—Sí, pero tampoco lo mandan.
—Si no os veis nunca, ¿qué amistad es esa?

Me explicó que la amistad se desarrollaba en el balconcito. Él bajaba el cubo hasta el primer piso e intercambiaba cosas con su amigo, que se llamaba Attilio.

—¿Qué cosas?
—Juguetes, caramelos, zumos de fruta, de todo.

—O sea, ¿que tú metes en el cubo cosas tuyas para él y él cosas suyas para ti?

—No, solo yo pongo cosas.

—¿Y tu amigo se las queda?

—Sí.

—O sea, ¿que te roba tus cosas?

—No me las roba, se las presto.

—¿Te las devuelve?

—No, va mamá a buscarlas.

—¿Enfadada?

—Enfadadísima.

Comprendí que los intercambios con el cubo habían causado problemas a Betta y alguna tensión entre las familias. Mario era el único que creía tener un amigo en el primer piso.

—¿Quieres que te enseñe cómo bajo el cubo? —me preguntó, engatusador.

Miré la puertaventana: estaba oscureciendo, pero todavía se veían la reja, el cubo, la cuerda.

—No, hace frío. Además, me da miedo salir al balcón.

El niño sonrió.

—¿Miedo, tú? Si eres grande.

—Mi madre, tu bisabuela, también tenía miedo.

—No es cierto.

—Es muy cierto. Le daba miedo el vacío.

—¿Qué es el vacío?

Descubrí que no tenía paciencia ni fuerzas para explicárselo.

—Nada especial —contesté con dejadez.

Mientras tanto, de Saverio ni rastro. Propuse a Mario ir a buscar uno de los libros que le había regalado y leer un cuento. Le leí cuatro; yo estaba exhausto cuando por fin llegó Betta sin aliento.

Se asomó a la habitación, nos encontró a mí y a su hijo tumbados en el catre, acababa de empezar el quinto cuento, Mario escuchaba con suma atención.

—Ya está bien de abuelo —dijo—, ahora me lo dejas a mí.

Nos fuimos a la cocina, Betta quiso saber si había leído la lista de las cosas de las que debía ocuparme indefectiblemente durante su ausencia. Reconocí que no. Entonces me condujo por toda la casa y me repitió punto por punto lo que ya me había dicho la noche anterior. Durante la cena hizo lo mismo, irritando a Saverio, que masculló dos o tres veces: Betta, tu padre es inteligente, ya lo ha entendido. Pero después de cenar, pese a que todavía no había terminado de hacer las maletas, mi hija empezó de nuevo, y en esta ocasión fue una suerte, porque comprobó que no me había dejado apuntado el número del pediatra, que no me había dejado apuntado el número de una amiga suya dispuesta a intervenir en caso de que me viera en aprietos, que no me había dejado apuntado el número del fontanero en caso de que, un suponer, se estropearan la ducha o el desagüe del baño.

—Me habías dicho —rezongué— que podía contar con Salli, pero pasado mañana no vendrá.

—¿Y qué problema hay? —contestó brusca—. Os lo deja todo en el congelador. Estás demasiado preocupado, papá.

—Es que mi trabajo no va bien.

—Entonces no pierdas tiempo con Mario. ¿Por qué le has leído cuentos? Dile que tienes que trabajar y verás que él se porta bien y va a lo suyo. Solo te pido un favor, no dejes que vea la televisión, tienes que esconderle el mando a distancia.

—De acuerdo.

—Y no lo dejes salir al balcón, sobre todo si hace frío. Su padre le permitió jugar con el cubo, pero a mí no me gusta nada. El niño del primer piso le roba los juguetes y después me toca a mí bajar y pelearme para recuperarlos.

—¿Tengo que llevarlo a la guardería?

—Sí, está muy cerca de aquí. Te he dejado la dirección anotada en la hoja y ya he avisado a las maestras.

—¿Puedo no llevarlo?

—Haz como te parezca. Buenas noches, papá.

—Buenas noches.

—Te llamaré todas las noches antes de cenar para saber qué tal va. Contesta, por favor, si no, harás que me preocupe.

Me dejó la tarea de dormir al niño. Me lo encontré en pijama, sentado en mi cama, manipulando mi móvil. Se lo quité de un modo un tanto brusco y dije:

—Esto es del abuelo, no lo toques.

—Papá me deja usar el suyo.

—Pues yo no te dejo usar el mío.

—El tuyo es feo, no tiene juegos.

—Razón de más para que no lo toques.

Dejé el móvil en lo alto, sobre una estantería llena de juguetes donde no podía alcanzarlo. Mario se puso triste, me pidió serio que le leyera otro cuento. Contesté que ya le había leído cuatro y que era lo bastante mayor para dormirse sin cuento, como el abuelo. Me metí en mi cama y él en la suya. Apagué la luz. Saverio gritó: ¡No soportas que yo sea el mejor y haces de todo para ponerme en situaciones humillantes con esos cabrones con los que me veo obligado a trabajar! No llegué a oír la respuesta de Betta. Dormí profundamente toda la noche.

Capítulo segundo

1

El primer día que Mario y yo pasamos casi solos estuvo plagado de pequeños acontecimientos que agravaron mi ansiedad. Me costó despertarme y tardé un poco en darme cuenta de dónde me encontraba. Cuando descubrí que eran casi las ocho, me preocupé, me levanté medio aturdido, eché un vistazo a la cama del niño. No estaba. El corazón me empezó a latir con fuerza: Betta y Saverio seguramente habían salido ya para llegar a tiempo al aeropuerto, ¿dónde se había metido Mario? Lo encontré en la cocina, hojeaba uno de los libros que le había regalado. La mesa estaba perfectamente puesta para dos. Pensé que sería cosa de Betta, pero en cuanto me recibió con una sonrisa de alegría me dijo:

—El azúcar está en mi lado, abuelo; total, tú no te pones.

Se había levantado temprano, me había dejado dormir, había tomado cuatro galletas, había puesto la mesa.

—Pero para encender el gas te he esperado —aclaró.

—Muy bien. Mañana, que no se te olvide despertarme.

—Te he llamado, pero no me contestabas.

—Estaba cansado, no volverá a pasar.

—¿Estabas cansado porque me llevaste en brazos?

—Sí.

Preparé la leche para él, el té para mí. Se la bebió con avidez, comió muchas galletas de chocolate.

—¿No voy a la guardería? —preguntó.

—¿Quieres ir?

—No.

—Entonces no vas.

Dio muestras de teatral satisfacción, luego se repuso y preguntó con cautela:

—¿Después jugamos?

—Tengo que trabajar.

—¿Todo el rato?

—Todo el rato.

En el baño fue agotador. Se cepilló los dientes y se lavó la cara de pie en un taburete, pero se mojó la camiseta y me indicó dónde encontrar una de recambio. Y cuando lo había obligado a vestirse de punta en blanco, pronunció una fórmula misteriosamente alusiva: Tengo que ir. Regresó al cuarto de baño, colocó el taburete delante del inodoro, corrió a buscar mi libro de cuentos, que apoyó en el taburete, se bajó los pantalones, se sentó en el inodoro.

—Cierra la puerta, abuelo —dijo sin apartar los ojos del libro, que había abierto como en un atril.

Cerré y fui a la sala, donde me había dejado todo lo necesario para trabajar. Pero al cabo de unos minutos oí que me llamaba:

—Abuelo, ya estoy.

Tuve que desvestirlo otra vez, lavarlo. Cuando llegó el momento de volver a vestirse, naturalmente quiso hacerlo solo, pero con una lentitud insoportable y bajo mi supervisión.

Llegó Salli, suspiré aliviado. Apareció en casa con el aspecto de una señora fina que, pese a tener un cuerpo pesado, sabe vestir con elegancia. Sin embargo, enseguida se encerró en el trastero al final del pasillo, justo al lado del dormitorio de Mario, y salió de allí desbordante, con una camiseta gastada, pantalones raídos y chancletas.

—Le dejo al niño, tengo que trabajar —dije.

Esta vez Salli estaba de buen humor, decidió ser amable.

—Vete, vete, no te preocupes, Mariuccio es bueno. ¿A que sí, Mariuccio, a que eres bueno?

—Abuelo, ¿puedo ver cómo dibujas? —me preguntó el niño.

—No.

—Me pongo a tu lado y no te molesto, dibujo yo también.

—El abuelo no juega —dije—; el abuelo tiene que trabajar.

Me encerré en la sala. Una vez allí, al cabo de unos minutos, comprendí que no tenía ningunas ganas de seguir con Henry James. Me dejé caer en una silla. Había dormido muchísimo y revolucionado mis costumbres; sin embargo, estaba exhausto, sin ningún deseo de dedicarme a lo que venía haciendo con placer toda la vida. Es más, me sorprendí pensando en mi cuerpo —mi cuerpo de ahora— sin las habilidades que me habían dado sentido. Poco a poco fue creciendo un desasosiego de lúcida autodenigración. De golpe vi a un viejo sin cualidades, de escasas fuerzas, paso inseguro, vista nublada, sudores y frío repentinos, con una desgana creciente interrumpida apenas por débiles esfuerzos de la voluntad, entusiasmos fingidos, melancolías reales. Y aquella imagen me pareció mi verdadera imagen, verdadera no solo ahora, en Nápoles, en la casa de mi adolescencia, sino —la oleada de la depresión se desbordó— también verdadera en Milán desde hacía tiempo, diez, quince años, aunque no tan nítida como en ese momento. Hasta ahora había conseguido fingir que me encontraba en la plenitud de mi capacidad de trabajo. La vida artística había tenido su sereno justo medio, sin picos evidentes y en consecuencia sin derrumbes súbitos. El éxito, cuando llegó, me había parecido natural, nunca había hecho nada ni para conseguirlo ni para conservarlo: mis obras sencillamente se lo merecían. Quizá por eso mismo había durado tanto tiempo la impresión de ser una sustancia que nunca se habría deteriorado. En consecuencia, había sido fácil no reparar en que los encargos disminuían, que se me invitaba cada vez menos a acontecimientos importantes, que todo aquel mundo en el que había tenido algo de prestigio había sido sustituido por otros mundos no intuidos a tiempo, por otros grupos de poder que ni siquiera me conocían, por fuerzas jóvenes y agresivas que lo ignoraban todo de mi trabajo o que, si me buscaban, lo hacían para ver si podía contribuir a su despegue. Ya no puedo, me dije, pasar por alto los signos de decadencia, son violentos, igual que esos sonidos que por sí solos rompen vidrieras: la llamada telefónica de mi cliente; aquel agotamiento de la imaginación del que no conseguía recuperarme; y mi hija, mi única hija, que me había encerrado sin que me diera cuenta en el papel de viejo abuelo.

Solté un largo suspiro, me di cuenta de que con la mano estaba haciendo un gesto inconsciente parecido al de Mario. Y casi me alegré de que Salli me estuviese llamando. Abuelo decía en voz alta con un tono particularmente zalamero, abuelo. Era evidente que dado que no sabía cómo llamarme, utilizaba el apelativo con el que el niño se dirigía a mí creyendo que hacía bien. O quizá, como era el abuelo de Mario, me consideraba abuelo en un sentido absoluto, abuelo de cualquiera, abuelo incluso de ella, aunque, por el amor de Dios, no fuera para nada una mujer joven.

—Abuelo, perdóname —dijo bien alto, llamando a la puerta y abriéndola enseguida—, Mariuccio ha puesto la televisión y no quiere apagarla.

—¿Qué televisión?

—La televisión. ¿Te ha dicho la señora Betta que no tiene que verla?

—Sí.

—Entonces haz algo, abuelo.

—No me llame abuelo, no soy su abuelo y ni siquiera me siento abuelo de Mario.

Me levanté de la silla con un gemido y la seguí por el pasillo. La televisión era un zumbido de avión interrumpido por voces viriles a todo volumen.

—¿Dónde está el niño?

—En el estudio del señor Saverio.

—Salli, si Mario hace algo que no debe, no me llame a mí, impídaselo y punto.

—Pero a mí no me hace caso. Y yo no puedo darle una bofetada, tú sí.

—A un niño de cuatro años no se le dan bofetadas.

—Entonces, chas chas en las manitas.

—No sé qué significa chas chas.

En realidad, sí lo sabía, pero aquel sonido me repelía; yo pertenecía a la generación que había introducido la costumbre de hablar a los niños en el italiano de los adultos.

—La señora Betta dice chas chas.

—Entonces ya se encargará su madre de hacerle chas chas en las manitas cuando vuelva.

La seguí al estudio de Saverio, que olía a ajos y detergente. Mariuccio estaba sentado frente a la tele, se volvió de golpe.

—¿Has visto cómo lo he llamado de verdad? —dijo la mujer.

—No hay que ser chivato —contestó el niño.

—Hay que serlo —intervine— si es necesario. Además, el volumen está tan alto que no puedo trabajar. Apaga.

—Entonces lo bajo —dijo el niño aferrando el mando a distancia.

Se lo quité de las manos y apagué el televisor.

—Mario, por mí puedes ver la televisión todo el tiempo que quieras, mañana, tarde y noche —le expliqué con tono tranquilo—. Pero tu madre no quiere, y si tu madre no quiere, Salli y yo tampoco queremos. Por eso, cuando Salli te dice que tienes que apagar la tele, tú la apagas. Y si te lo digo yo, ni se te ocurra volver a contestarme: Ahora bajo el volumen. ¿Estamos?

El niño clavó la vista en el suelo, asintió con la cabeza. Después dirigió la mirada hacia el mando a distancia que yo tenía en la mano e intentó quitármelo.

—¿Me dejas que te enseñe cómo se abre y se ven las pilas?

—No, el mando no lo tocas más.

—Entonces, ¿qué hago?

—Ve a jugar.

—¿Al balcón?

—No.

—Hace sol.

—He dicho que no.

—Entonces, ¿puedo ver cómo dibujas?

No se daba por vencido, era tozudo. Lo miré un buen rato, creo que más que nada para transmitirle toda mi contrariedad. Cuando me di cuenta de que le sudaba el labio superior, cedí a toda prisa.

—De acuerdo, pero no me tienes que molestar.

—No te voy a molestar.

—No puedes decir: Abuelo, quiero esto, hagamos esto otro.

—No te lo voy a decir.

—Tienes que quedarte sentado, quieto y callado.

—De acuerdo. Pero antes voy a hacer pis.

Salió corriendo, oí que se encerraba en el baño. Salli, que todo el rato había estado en silencio, aprovechó para echarme en cara:

—Un abuelo no hace esas cosas.

—¿Qué quiere decir?

—Lo has aterrorizado, pobre niño.

—¿Y me lo dice usted, que quería que le pegara unas bofetadas?

—Las bofetadas van bien, esto no.

—¿Esto qué?

—Ese tono feo. Si tienes cosas que hacer y estás nervioso, ya me quedo yo con el niño.

No tenía la sensación de haber empleado ningún tono especial, quizá era con ella con quien debía ser menos condescendiente. Mario regresó corriendo, tenía los ojos enrojecidos como si se los hubiese restregado con fuerza.

—Estoy listo.

Esforzándome por poner voz alegre, le pregunté:

—¿Prefieres ver cómo trabajo yo o cómo trabaja Salli?

Me observó a mí y luego a Salli con una mirada de fingida vacilación, después me miró a mí y exclamó con alegría exagerada:

—¡Cómo trabajas tú!

Luego se fue para la sala a paso veloz. Yo le dije a Salli: Ya lo ve, prefiere estar conmigo. Ella se mostró poco convencida, contestó que se iba a cocinar. La miré mientras salía del estudio de Saverio, iba un poco encorvada, y eso la hacía parecer aún más baja. En un abrir y cerrar de ojos recordé que al día siguiente no vendría, el niño y yo pasaríamos solos un día entero. De sopetón le propuse: No falte mañana, le pago el día completo de mi bolsillo; llega a las nueve de la mañana, se marcha a las ocho de la noche y no tiene que limpiar la casa, solo ocuparse de Mariuccio. Sin volverse siquiera, contestó: Mañana estoy ocupada, es un día importante, se decide mi futuro. Vieja cascarrabias; el futuro, dale con el futuro, qué futuro podía tener. Me fui para la sala.

2

Mario colocaba una silla lo más cerca posible de la mía.
—¿Me dejas usar tu ordenador? —me preguntó.
—Ni hablar.
Vacilé en sentarme. Tuve la tentación de sacar el móvil y gritarle al editor: ¡Me importan una mierda el oxígeno, el brillo, dime en pocas palabras qué es lo que no funciona, porque de lo contrario renuncio al encargo y a los cuatro cuartos que me pagas, no tengo ganas de perder el tiempo! Pero no lo hice, la angustia de la vejez regresó tal como había asomado poco antes. Necesitaba aquel encargo y no por el dinero —los ahorros y la casa de Milán hacían de mí un hombre acomodado—, sino porque me espantaba sentirme sin la urgencia laboral. Llevaba al menos cincuenta años encadenando una entrega tras otra, siempre bajo presión, y el agobio de no ser capaz de enfrentarme dignamente a esto o aquello, seguido del placer de haberlo conseguido con éxito, era una montaña sin la cual —reconocí al fin con claridad— no soportaba imaginarme. No, no, mejor seguir un tiempo diciendo a mis conocidos, a mi hija, a mi yerno, sobre todo a mí mismo: tengo que trabajar en el cuento de

Henry James, estoy muy atrasado, tengo que inventar algo lo antes posible. Así, bajo la mirada atenta de Mario, me puse a examinar otra vez mis esbozos, en especial, los caóticos de hacía dos noches.

Al principio lo hice para tranquilizarme. Miraba las páginas, apreciaba el rico aroma a comida que entraba en la sala, aunque la puerta estaba cerrada, con el rabillo del ojo vigilaba de vez en cuando al niño, que estaba demostrando ser de palabra, ni un crujido de la silla, casi no respiraba. Durante todo el rato no apartaba la vista de las páginas ni de mí, como si participáramos en una competición para ver quién se cansaba primero. Pero llegó un momento en que dejé de hacerle caso. Se me ocurrió usar los dibujos de los ambientes del apartamento como eran años atrás y convertirlos en el fondo de la casa neoyorquina del cuento de Henry James. La posibilidad me reanimó, aquel era un buen punto de partida: provocar el choque entre las estancias decimonónicas al otro lado del océano con las de la casa napolitana de mediados del siglo XX. Estupendo. En el desorden de las páginas repletas de trazos, me puse enseguida a marcar con el lápiz algunos detalles que me parecieron útiles. La mente se me encendió con tanta rapidez que cuando Mario me llamó con un hilo de voz —era un momento en que todo parecía cuadrar, tenía en la cabeza unas formas muy nítidas—, le dije con brusquedad: Calla, me lo has prometido.

Pero él repitió despacio:

—Abuelo.

—¿Qué me habías prometido?

—Que estaría callado y no me movería.

—¿Y entonces?

—Pero te tengo que decir una cosa nada más.

—Una y basta, a ver.

Me señaló unos cuantos trazos de rotulador negro en el margen superior derecho de la página que yo estaba estudiando.

—Este de aquí eres tú —dijo.

Miré el dibujo, era un garabato distraído. Tal vez representaba a un joven empuñando un cuchillo, tal vez a un muchachito con una vela, pero de un modo bastante indefinido, como si la mano hubiese ido hacia aquel margen sin intención. ¿Cuándo lo había hecho, la otra noche, hacía poco? Se veía un enroscarse veloz de las líneas, el centelleo de algo que apenas tiene tiempo de mostrarse y ya ha desaparecido. No me disgustó, me recordaba los dibujos que sabía hacer de niño y me emocionó que, en contra de lo que había creído, hubiese captado algo de aquella época, de lo que sabía dibujar cuando vivía con mis padres y mis hermanos en ese apartamento. Lo utilizaré, me dije, es bueno.

—¿Te gusta? —pregunté al niño.

—Más o menos, me das un poco de miedo.

—No soy yo, es un garabato.

—Eres tú, abuelo, ahora te lo enseño. —Se bajó de la silla con gesto resuelto.

—¿Adónde vas?

—A buscar el álbum de fotos, ven, trae el dibujo.

Esperó a que me levantara, me tomó de la mano como si pudiéramos perdernos. Cuando abrí la puerta de la sala, nos embistió una ráfaga de aire frío. Para ventilar y que se secara el suelo mojado, evidentemente Salli debía de haber abierto de par en par todas las ventanas de la casa y ahora el apartamento estaba helado. Además, sin la protección de los cristales dobles, el ruido del tráfico llegaba con mucha intensidad. Fuimos al estudio de mi hija, en el que también la ventana estaba abierta de par en par, el estruendo de fuera apagaba gritos lejanos, golpetazos como de alguien que sacude una alfombra con sacudidor. Mario arrastró una silla hasta un mueble lleno de puertecitas, intenté detenerlo.

—Dime dónde está el álbum y ya lo busco yo —le dije, pero no hubo caso, él disfrutaba trepando.

Abrió una de las puertecitas girando la llave, sacó un álbum antiguo verde oscuro y me lo tendió.

—Tienes que cerrar —le recordé.

Cerró.

—Con llave.

Giró la llave con habilidad.

—Eres un enanito —le dije.

—No.

—Eres un enanito, claro que sí.

—No es verdad, soy un niño —se irritó.

—Está bien, perdona, eres un niño, el abuelo es tonto y como es tonto, dice tonterías. No hagas caso.

Lo ayudé a bajar de un salto de la silla, esta vez intentó soltarse de mi mano, quería saltar solo y se lo impedí; cuando aterrizó con un gritito alegre, me preguntó:

—¿Querías decir que soy un sietenanito?

—Sí —contesté.

Y le expliqué que se había equivocado al ofenderse, se trataba de un elogio y significaba: eres mayor y juicioso. Puse el álbum sobre el escritorio, le pregunté dónde estaba la foto que quería enseñarme. Yo conocía bien aquel álbum: contenía las fotos de familia que de mi madre habían pasado a mi mujer y, al morir mi mujer, a Betta. El niño lo hojeó con aire experto y me enseñó una imagen donde salía yo con mi madre y mis hermanos. No la recordaba, debía de haberla mirado siempre a regañadientes, todos los momentos de mi adolescencia me habían parecido una constricción odiosa. Seguramente aquella foto nos la había hecho mi padre, él nos miraba desde la cámara y nosotros lo mirábamos a él. Todos sonreían menos yo. ¿Cuántos años tendría, doce, trece? Mi cara me pareció repugnante, una cara alargada, estrecha, inacabada. El tiempo había dejado intacto cada milímetro de la foto excepto mis rasgos. O quizá la imagen siempre había sido así, con un defecto de exposición que había dañado únicamente mi perfil. Nada en la cara ni en el cuerpo delgadísimo parecía acabado. No tenía boca, no tenía nariz, los ojos estaban ocultos en la espesa sombra de los arcos superciliares, el pelo se disolvía en el albumen del cielo. De aquel instante fijado por la cámara solo reconocí el destello de odio hacia mi padre. Lo miraba sin ojos, con aversión, por su vicio de jugar, por cómo nos tenía en la miseria, por la furia que llevaba encima y esparcía sobre mi madre, sobre nosotros, cuando no tenía nada que apostar. La aversión había salido con mucha nitidez y ahora me disgustaba.

—¿Ves como eres tú? —dijo Mario.

—Que no.

Acercó mi dibujo a la foto.

—No digas mentiras, abuelo, eres tú.

—Yo no era así, es esta foto la que me hace parecer así.

—Pero te dibujaste idéntico, fíjate. Estás muy feo.

Me estremecí.

—Sí, es verdad, pero eres un poco antipático por decírmelo.

—Papá dice que siempre hay que decir la verdad.

Imaginé que Saverio debía de haberme definido como feo, en aquella foto y tal vez siempre. Los cuerpos, estos jirones de naturaleza, necesitan afinidades para simpatizar y mi yerno y yo no conseguíamos sentirnos afines. Oí otros gritos, los golpes a la alfombra se hicieron más fuertes. Examiné la fachada del edificio de enfrente, nadie gritaba, nadie sacudía alfombras.

—Además de ser muy feo, el abuelo está un poco sordo. ¿Tú oyes unos gritos? —pregunté.

—Sí, es Salli.

—¿Salli? ¿Y por qué no me lo has dicho?

—Para no molestarte.

Me tiré del lóbulo de la oreja derecha porque me parecía que así oía mejor. Los gritos venían del cuarto donde dormíamos, fui a ver qué estaba pasando; Mario me siguió como si ya lo supiera. Salli se encontraba en el balcón, la puertaventana estaba cerrada. Golpeaba con la mano contra los cristales dobles, pero los golpes y sus gritos —abuelo, Mariuccio—, precisamente por efecto de los cristales dobles, resonaban sin fuerza en el cuarto y por todo el apartamento. Me acordé de las recomendaciones de Betta: la puerta del balconcito —una única hoja lacada en blanco— no funciona bien. Y pensé, ya harto: Entre el editor, Mario, Salli, es imposible concentrarse. Aquella mujer tendría que haberse ocupado del niño y de mí; sin embargo, me tocaba perder tiempo a mí con ella debido a su imprudencia. Había abierto de par en par todas las ventanas de la casa, después había salido al balconcito sin pensar que la corriente cerraría la puerta. Ahora estaba ahí, exigente, pidiendo auxilio.

—Deje de golpear los cristales —dije—, ya estamos aquí.

—Hace media hora que estoy llamando.

—Exagerada.

—¿No oyes?

—Estoy un poco sordo.

—¿Sabes cómo tienes que hacer para abrir?

—No.

—¿El señor Saverio no te lo ha enseñado?

—No.

Salli puso cara de afligida y golpeó el cristal por enésima vez. Pensé que en ese momento nuestros sentimientos eran especulares, los dos estábamos exasperados por el tiempo que nos hacía perder el otro, y de pronto aquello me hizo sentirla más próxima. Mario, en cambio, me puso nervioso, toda ocasión era buena para jugar.

—Abuelo, yo sé cómo se abre.

No le contesté, le pregunté a Salli:

—¿Usted no sabe cómo abrir desde fuera?

—Si supiera, no te habría llamado. Por fuera no hay picaporte.

—¿Cómo que no hay?

—¿Qué quieres que te diga? El señor Saverio la compró así. Pero desde dentro basta con tirar fuerte hacia arriba, después hacia abajo y se abre.

—¿Lo has entendido, abuelo? —intervino Mario—. Tú tiras hacia allá y después giras hacia acá.

Hizo los gestos exactos con las manos, que yo repetí sin darme cuenta siquiera.

—Muy bien —aprobó él—. ¿Traigo una silla y te ayudo?

—Me arreglo solo.

Me empeñé sin éxito, la puerta no se abrió.

—Tienes que hacerlo fuerte, hace falta la fuerza de papá.

—Papá es joven, yo soy viejo. —Volví a intentarlo. Tiré del picaporte hacia arriba y luego hacia abajo con gran decisión. No hubo manera.

—No puedo pasarme aquí todo el día —se inquietó Salli—, tengo que ir a otras casas. Llama a los bomberos.

—Déjese de bomberos.

El niño tironeó de mí, no le hice caso. Entonces, para captar mi atención, me golpeó varias veces en una pierna con el puño.

—Tengo una idea.

—Te la guardas para ti, déjame pensar.

Siguió golpeándome la pierna. Resoplé.

—Habla.

—Salli baja el cubo, recoge el vacío y cuando ya no quede más, se sube a la barandilla, salta y se va.

—¡Si no voy a trabajar, me despiden! —gritó Salli, exasperada—. Haz algo, por favor. Cuando la puerta no se abre, hay que usar el destornillador.

—Sí —me confirmó Mario—, algunas veces papá abre con el destornillador. ¿Te puedo ayudar, te traigo el destornillador?

—Me ayudas más si te quedas callado.

Estaba alterado, no lograba concentrarme. ¿Cuánto hacía que no usaba un destornillador, una pinza, una llave inglesa? Me volvieron a la cabeza los pocos trazos que había dibujado en el margen de la página y, al mismo tiempo, la voz insistente de Mario que recalcaba —mejor dicho, me demostraba— el parecido entre aquellos rasgos y el adolescente de la foto. A esa edad estuve en peligro, en el colegio no me iba bien, el latín me costaba. Mi padre me había mandado a un taller cerca de casa, un lugar que ya no existe. Durante unos meses, mis manos, la cabeza, habían enfilado otro camino y quizá el garabato que había dibujado guardaba relación con aquella época. Tengo que hacer bosquejos como ese, me dije, y sentí que estaba preparado, la cabeza no se resignaba, me tenía ahí encandilado proponiéndome en pocos segundos no soluciones para liberar a Salli, sino dibujo tras dibujo, los veía nacer y desaparecer. Imaginé el pintarrajo de mí, un muchachito capaz de mover el picaporte de forma correcta, de utilizar el destornillador con habilidad. Me pareció que podía conseguir aquella figura de la eficiencia sin levantar el lápiz del papel, partiendo directamente de la línea de las manos ya nudosas, manchadas de grasa, para ir subiendo por los brazos fuertes y el cuello tenso, hasta la fea mueca de la cara. Cuántos adolescentes como aquellos tenía en la cabeza, eran la multitud de mi mutación de los doce a los veinte años, cuando terminé de crecer y encontré la fuerza para marcharme de aquella casa. Ahora quería tratar de dar un salto mortal hacia atrás, más de cincuenta años de trabajo adulto, e ir retrocediendo más y más hasta mi primer enfrentamiento con las formas; como si fuese de veras posible dejar a mi espalda el calurosísimo, apasionado hacer y rehacer de hoy para hundirme en el cero absoluto, en un agujero en el hielo donde se conserva todo. Aferré el picaporte y con rabia —rabia, no cólera— tiré primero hacia arriba, luego hacia abajo. Noté un clic, tiré de la puerta y esta se abrió.

—Ya era hora —estalló Salli. Y entró en casa casi gritando—: Me voy corriendo, llego tarde.

Nos dio indicaciones sobre la comida y la cena de ese día y el siguiente, pero dirigiéndose solo a Mario, yo no le merecía ninguna confianza. Después se encerró en el trastero, del que salió con el aspecto de una señora madura elegantísima, y se largó.

Me senté en el borde de mi cama, Mario se quitó rápidamente los zapatos, se subió y empezó a saltar dando gritos de alegría y deshaciendo el trabajo de Salli. Me preguntó: ¿Por qué no saltas tú también, abuelo?

La puertaventana había quedado abierta, el balcón se proyectaba contra un cielo muy azul. En la huella negra y accidentada del mantillo acumulado entre las baldosas vi que asomaban unas hierbecitas amarillentas.

—El vacío no se puede recoger con el cubo, Mario —le dije—. No te atrevas a hacer ese juego que me dijiste hace un rato, el vacío seguirá estando y si te subes a la barandilla y saltas, te matarás. ¿Eso no te lo ha dicho tu papá? ¿Solo te ha dicho que soy muy feo?

Después también me quité los zapatos, me subí a la cama y saltamos un rato tomados de la mano. Notaba el corazón en el pecho como una enorme bola de carne viva que subía y bajaba del estómago a la boca, y viceversa.

3

Mario debió de pensar que había comenzado la hora de los juegos desenfrenados. En realidad, mi única intención era darle un premio de consolación y después ponerme a trabajar. Nos tomamos los platos de Salli, que estaban riquísimos, y mientras comíamos traté de fijar ya alguna de las imágenes que se me habían ocurrido. Con una mano me llevaba la comida a la boca, con la otra esbozaba rápidamente pequeñas formas concentradas que, sin embargo, reconozco que no me salían bien. Culpa del niño: no se resignaba, proponía sin cesar para después de comer juegos según él muy divertidos. Al final cedí. Recojamos, dije, y después hagamos algo divertido, pero poco rato; ya sabes que el abuelo tiene que trabajar.

Recogí bajo su dirección, me reprobó sin parar. Todo debía dejarse en su sitio y era inútil decirle que ya se ocuparía Salli. Al principio sospeché que era tan escrupuloso por espíritu de obediencia a sus padres, pero no tardé en darme cuenta de que no era por eso. Le encantaba recibir elogios y, como seguramente sus padres fingían entusiasmarse al ver cómo gestionaba cada objeto con disciplina, esperaba que yo también lo hiciera. Cuando le decía: Qué más da dónde va el salero, déjalo ahí, no seas pesado, él apretaba los labios, me miraba desorientado. Conseguí frenar su pedantería advirtiéndole que cuanto más tiempo perdiéramos colocando cada cosa en su sitio, menos jugaríamos. Entonces aceptó deprisa y corriendo un orden aparente y preguntó: ¿Vamos?

Me obligó tanto al juego de la escalera, como al del caballo. Con el primero bostecé sin parar. Consistía en sacar la escalera de mano del trastero, desplegarla asegurándose de que quedara bien firme, subir hasta lo alto y luego bajar. Al principio él subió peldaño a peldaño mientras lo vigilaba para evitar que se cayera, cosa que lo ponía nervioso porque, según él, no era necesario que lo siguiera de cerca. Después, a fuerza de protestas cautas pero constantes, me convenció de que lo dejara subir mientras yo permanecía al pie de la escalera y lo sujetaba de un brazo. Al final se rebeló.

—Sé subir solo, no me sujetes.
—¿Y si te caes?
—No me voy a caer.
—Pero si te caes, te dejo llorando en el suelo.
—Bueno.
—Y que quede claro, subes tres veces y basta.
—No, treinta.
—¿Y según tú cuántas son treinta?
—Muchas.

Verlo subir y bajar incansable me produjo una sensación de agotamiento. Arrastré una silla junto a la escalera y me senté, pero me esforcé por vigilar hasta la menor vacilación en sus movimientos para poder levantarme a tiempo. Cuánta fuerza había en aquel cuerpecito. ¿Qué le ocurría en la piel, bajo la piel, en la carne, en los huesos, en la sangre? Respiración, nutrición. Oxígeno, agua, tormentas electromagnéticas, proteínas, desechos. Cómo apretaba los labios. Y aquel mirar hacia arriba, el esfuerzo de las piernas demasiado cortas para abarcar fácilmente la distancia entre peldaños, las manos aferradas a los largueros metálicos. Por no hablar del descenso, cauto y a la vez temerario, el pie que se apoyaba en el peldaño de abajo perdía asidero cuando el otro ya se deslizaba. Criaturita decidida, la mirada fija en lo alto, la mirada vuelta hacia abajo, el miedo y la alegría del riesgo. Conseguí que parara solo con la condición de que pasáramos enseguida al segundo juego.

Ahora se trataba de jugar al caballo. Resoplando y gimiendo, tuve que ponerme a cuatro patas. Se me montó en la espalda, se sentó a horcajadas y agarrado de mi suéter se puso a darme órdenes con gran pericia: Al paso, al trote, al galope. Si tardaba en obedecerlo, me asestaba con los talones golpes en las costillas chillando: He dicho al galope, ¿estás sordo? Sí, estaba sordo, y cansado, y maltrecho, como él no podía imaginar siquiera. Criatura tosca pese a su abundante vocabulario, comenzó a considerarme de veras un caballo, de hecho, dejó de llamarme «abuelo», pasó a llamarme Furia, nombre que, como de costumbre, le había enseñado Saverio. Pero la furia era él, todo su organismo estaba atravesado por una energía incontrolada, una pura expansión de vitalidad enquistada en mi cuerpo inadecuado, cada desplazamiento hacía que me dolieran las muñecas, las rodillas, las costillas. No obstante, me empeñé en dar al menos una vuelta por la casa, pasillo, cocina, estudio de Betta, sala, entrada, pequeño estudio de Saverio y, por último, otra vez a nuestra habitación, donde el balcón había quedado abierto y hacía muchísimo frío. Yo estaba ardiendo; desde la periferia del cuerpo, la sangre fluía como una lava inflamándome las venas y el corazón, me chorreaba el sudor, más del que solía derramar a veces por la noche. Si en el cuerpo de Mario la física y la química más secretas eran dichosamente violentas, en el mío, eran tristes, dolorosamente melancólicas, sus ecuaciones y reacciones se habían hecho cada vez más manidas, cada vez menos resueltas, como en los ejercicios de los alumnos desganados. Aferré al niño de un brazo y me lo descabalgué de la grupa antes de que pidiera: Otra vez.

—El caballo está cansado —jadeé.

—No.

—Sí, está muy cansado.

Lo deposité en el suelo, me tumbé a su lado sobre las baldosas heladas.

—Ahora a recuperar el aliento.

—Yo no tengo que recuperarlo, abuelo. Demos otra vuelta más.

—Ni hablar.

—Papá da cinco.

—Yo una, tienes que conformarte.

—Por favor.

—Tengo que ponerme a trabajar.

—¿Y yo?

—Ahí tienes tus juguetes, te quedas aquí, juegas con ellos.

—¿Puedo llevar los juguetes a la habitación donde estás tú?

—No, que me distraes.

—Eres malo.

—Ah, sí, soy muy malo.

—Se lo voy a decir a mamá.

—Tu mamá ya lo sabe.

—Entonces se lo voy a decir a papá.

—Díselo a quien te dé la gana.

—Mi padre te da un puñetazo.

—A tu padre le hago uhhh y se caga de miedo.

—Dilo otra vez.
—Uhhh.
—No, lo otro.
—Se caga de miedo.
Rio.
—Otra vez.
—Se caga de miedo.

Soltó una larga risotada, a la que se abandonó con deleite. Me senté primero en el suelo, después me apoyé en el borde de la cama y me levanté. El sudor se me había enfriado en la espalda y el pecho, ahora tenía frío. Fui a cerrar la puerta del balcón.

—Abuelo, otra vez —me pidió Mario mirándome desde abajo.
—¿Otra vez qué?
—Se caga de miedo.
—No digas palabrotas.
—Lo has dicho tú.
—¿Yo he dicho se caga de miedo?

Empezó a reírse de nuevo.

—¡Sí, sí, sí! —chillaba.

La violencia alegre de aquel gorgoteo con la boca abierta, con los dientes minúsculos al aire, también me impresionó. Le envidié la ingobernabilidad del desgarro en la cara y la garganta. Ignoraba si alguna vez me había reído así, a buen seguro no lo recordaba. Cuánta fuerza había en aquella forma de reír por nada y al mismo tiempo de lo esencial. Se reía de las palabras triviales aplicadas al cuerpo de su padre, y era una risa —me pareció— sin sombra de angustia. Me paseé por la habitación. Eché un vistazo distraído a sus dibujos colgados en las paredes, todos hombrecitos, prados verdes y monigotes indescifrables.

—¿Te gustan? —me preguntó.

—Son demasiado claros —dije. Y uno tras otro fui tirando al suelo los juguetes que Salli había dispuesto en perfecto orden en las repisas. Acto seguido levanté una caja grande repleta de juegos y los descargué delante de él en cascada; se quedó boquiabierto. Los objetos se precipitaron a su alrededor golpeando el suelo como si bailaran—. Le hice adiós con la mano.
—Que te diviertas —le dije.
Me miró estupefacto, se había puesto colorado.
—Solo no me divierto —dijo irritado.
—Yo sí. Y trata de no molestarme, si no, pobre de ti.

4

No me divertí para nada. Jugar con el niño no solo me había agotado, sino que además había restado energía a las imágenes que había pensado que debía fijar con urgencia. Entreverlas las había vuelto accesibles y así habían perdido la fascinación de lo irrepresentable. Ahora se habían quedado como animalillos enfermos postradas a la espera muda y ciega de la curación o la muerte. Por eso la idea de darles caza, de tratar de arrancarlas de la nada con la línea veloz que me había salido en el dibujo descubierto por Mario, fue perdiendo cada vez más fuelle. Me limité a trazar unas líneas contrariadas con la esperanza de recuperar la mano.

Pensé que la imaginación tenía los ojos velados. El cuerpo viejo de ahora se encontraba ya demasiado lejos de aquellos adolescentes abortados que relampagueaban un instante y después se rompían atronando dentro de mí con un retumbo. Sin embargo, son esos, pensé, los fantasmas que podrían resultarme útiles. Hostiles, peligrosos. Aquel garabato mío trazado automáticamente en el margen de una página era su vanguardia. Empuñaba un cuchillo, sí, y con el cuchillo, llegaba el ansia de usarlo, clavarlo en el cuerpo a un viandante insolente, en la garganta de mi padre, entre los senos durísimos de Mena cuando me dejó, en el pecho del joven apuesto que me la había quitado. Entre los doce y los dieciséis años busqué sin cesar una ocasión, quería encontrar una salida a las ansias de sangre que me dañaban el cerebro. Si hubiese utilizado aquel cuchillo, aunque fuese una sola vez, si lo hubiese hecho, aunque solo fuese para amenazar, al final me habría convertido en alguien más adecuado a las calles del Lavinaio, del Carmine, de la Duchesca. No se trataba de un fantaseo del cuerpo desequilibrado por el crecimiento. Por aquel entonces el fantaseo era otro, era convertirme en artista, aunque en mi casa no supieran qué era el arte, no lo sabía mi padre, no lo sabía mi abuelo, ninguno de mis antepasados lo sabía. En cambio, lo realista era convertirse en matón y delinquir, y conocer la cárcel, y sentir en mis manos la capacidad de matar, y hacerlo como camorrista, hacerlo siguiendo una trayectoria por completo coherente con las calles por las que me movía hasta bien entrada la noche, calles de trapicheos ilícitos, putas, rufianes. Nada que ver con lápices, pasteles, acuarelas, colores. Aquella parte débil de mí estaba fuera de lugar. Durante la adolescencia había tenido unas manos dispuestas a algo bien distinto. Cuando mi padre me mandó a trabajar al taller, no lo hizo con mala intención, pobre hombre, se dio una lección de realismo y me la dio a mí. La tradición de mis ramificadísimos ascendientes era trabajar de mecánico. O de operario electrotécnico, como mi padre. O de tornero, como mi abuelo. Eso era lo probable e incluso lo posible. Montar, desmontar, atornillar, desatornillar, las uñas siempre negras, las yemas de los dedos curtidas, las palmas de las manos anchas y duras. O deslomarse como descargador en el puerto, en el mercado hortofrutícola. O ser dependiente en una tienda, camarero, abrir una tiendecita, emplearme en el ferrocarril para toda la vida. O vivir del cuento, de bravatas y cochinadas forzosas, y demostrar que no pensaba más que en las mujeres, no conformarme nunca con ninguna, coleccionarlas, acariciarlas, explotarlas, romperles la cara si no querían doblegarse y estarse quietas, calladas, ah cómo me hubiera gustado; más tarde eso fue lo que hizo algún compañero de juegos, siempre con arreglo al espacio urbano donde nos habíamos criado. O rechazar los negros abismos de las mujeres y deslizarse en los cuerpos masculinos con la excusa de humillarlos, o solo porque es más cómodo amoldarse a acciones y reacciones conocidas, o porque las pulsiones son confusas, la carne es insegura, pasar sin solución de continuidad de los hombres a las mujeres, de las mujeres a los hombres, agujeros aquí y agujeros allá, para qué tantas distinciones inútiles. Cuántos esfuerzos había hecho en aquellos años para eludir las numerosas y violentísimas trayectorias posibles marcadas por mi ambiente, todas ellas incrustadas en las obscenidades dialectales que conocía desde la infancia: *tscommesàng*, te voy a pegar hasta hacerte sangre, *tomettncúlo*, te voy a dar por culo, *tsguarromàzz*, te reviento el ojete. Era como si en mi cuerpo permaneciesen a la espera diversos tipos humanos, unos violentos, otros miserables. Por ejemplo, algunos procuraban seguir la norma de no meterse donde no los llamaban. Cuando esos tomaban el mando, en la cara se me ponía una mueca de displicencia, exhibía una docilidad insolente. Para eso también tenía yo un talante propio: callar para no sulfurar, para no irritar, hablar únicamente para estar de acuerdo, para mostrar simpatía, para elogiar, para ser amigo de todos, absolutamente de todos, es decir, de nadie, y así parecer inocuo, y por ello tratable, y entretanto ir acumulando desprecio por todos, y hacer daño a escondidas. Yo era una multitud de variaciones. Después, de repente, por casualidad empecé con los lápices, los colores, por pura casualidad, y obtuve de ello un placer sorprendente. A partir de entonces comenzó la larga guerra para debilitar a todos mis otros espíritus y arrinconarlos en las orillas de la sangre. No los dejé beber más; cuánta determinación hizo falta para resistir a la consistencia de su murmullo despreciativo: *chevvuofàstrunz, parlacommemàgn, tecriredesseremeglienúie, sinupílecúlo, sinuscupettinopocèss,* ¿qué te pasa, cabronazo? Que me hablas en difícil, ¿te crees mejor que nosotros? Te voy a dar por culo, eres una mierda, la escobilla de mi retrete. Una vacilación, un fracaso en el colegio, puede incluso que una ocurrencia malvada sobre mis primeras demostraciones artísticas o un recochineo capaz de traspasar el corazón habrían bastado para hacerme capitular. Por una grieta se habrían colado la inseguridad, la desesperación, la infelicidad y habrían aniquilado al hombrecito en el que quería convertirme, un tipo de palabras elevadas, refinados sentimientos, sentido de la responsabilidad, sabia defensa del bien, sexualidad normal, vida absorbida por una única y gran pasión: producir obras y obritas en un ciclo continuado, nada me interesaba más. Lo había logrado, había conseguido tapar una a una las grietas, sumido en una angustia permanente. Yo me había transformado en carne, el resto, en fantasmas. Y ahora ahí estaban, estacionados en la gran sala del apartamento de mi adolescencia, el apartamento hoy transformado en casa de Betta, de Saverio, de Mario. Se habían reunido allí con su dialecto, sus modales y deseos disolutos, su maldad dispuesta a estallar al menor conflicto. No me perdonaban que hubiese elegido la más imposible de las variaciones y la hubiese defendido contra ellos sin ceder un milímetro. Los había echado, pero nunca por completo. Solo la muerte los ahuyentaría del todo, borrando mi cuerpo al que aspiraban desde siempre y que, por unas cosas u otras, los mantenía con vida. Aunque débiles, jamás renunciaban a asomar de nuevo, especialmente el muchacho del cuchillo, al que, sin embargo, yo rechazaba con un gesto de la mano, con los ojos cerrados, como persona refinada. Aquel gesto era fruto de un adiestramiento muy disciplinado. Había aprendido a difuminar todo sentimiento, a reducir la reacción casi a la nada, a no sentir ni amor ni dolor, a hacer pasar por comprensión la falta de toda afectividad carnal y palpitante. Cuando hurgué entre sus cuadernos, hacía años que Ada había muerto. Escribía que yo tenía la culpa, se había decantado por la traición para probarse a sí misma que existía fuera de mí. Durante mucho tiempo soñé despierto que seguía viva y la degollaba. Pero siempre oponía a aquel sueño el gesto educado del rechazo, y al final me salí con la mía, me pareció entender sus motivos, dejé de soñar, pasé a amar su sombra como la había amado cuando estaba viva. Tal vez, pensé, pueda ilustrar a Henry James con estos espectros. Y ahora deja que vaya a ver qué está haciendo el niño, *chilluscassacàzz*, ese tocacojones.

Regresé a la concreción de la sala con un desgarro de la voluntad, la luz de la tarde se apagaba. Estaba a punto de levantarme de la silla cuando el timbre sonó vigorosamente. Se me había dormido una pierna, sentía un hormigueo molesto, apenas notaba el contacto del zapato con el suelo. Otro timbrazo, más decidido que el primero.

—¡Mario, ¿puedes ir a abrir la puerta?! —grité—. ¡Mariooo, por favor!...

La única respuesta fue un tercer timbrazo furioso y prolongado. Crucé renqueando la sala y el vestíbulo, abrí, me encontré frente a una mujer corpulenta, de pelo negro, teñido de un tono en la gama del azul noche, y ojos pequeños en una cara alargada. Estaba nerviosa y muy pálida. Había dejado la puerta del ascensor abierta e, inexplicablemente, llevaba a Mario de la mano.

Tuve un largo momento de desorientación. ¿Qué hacía el niño fuera de casa, en el rellano, con aquella extraña? La mujer también se mostró desorientada, no esperaba que le abriese un viejo desconocido, despeinado, con un faldón de la camisa fuera de los pantalones. Hubo un intercambio confuso de comentarios; yo, que me dirigía a Mario con tono brusco para saber por qué se encontraba fuera de casa; la mujer, que se dirigía a mí con tono agresivo para saber si estaba la señora Cajuri, es decir, Betta; yo, que le contestaba que no estaba y que quién era ella; la mujer, que levantaba la voz para decir: Más bien quién es usted; yo, que contestaba tontamente: Soy el abuelo de este niño, el padre de la señora Cajuri; y cosas por el estilo, hasta que la situación se aclaró un poco y se encauzó hacia la napoletaneidad de mi infancia.

—¿Fue usted el que mandó al niño a mi casa con sus juguetes?

—No.

—Entonces, ¿quién?

—Se fue él solo.

—¿Él solo? ¿Y usted no se enteró de que abrió la puerta, bajó cinco pisos y fue a llamar a mi casa?

—No.

—Conque no, ¿eh? Entonces, ¿hace usted como su hija, que cuando está con sus cosas de profesora, le dice a su hijo: Anda, llévate unos juguetes y ve a jugar con el niño del primero; y después se cabrea porque el señorito aprende palabrotas?

—Señora, le aseguro que nunca le habría mandado al niño. Ha sido un despiste mío, le pido disculpas.

—Despiste o no, si el niño se hubiera caído por las escaleras y roto la cabeza, su hija habría sido muy capaz de echarle la culpa a mi hijo.

—Lo lamento, no volverá a ocurrir.

—Tampoco debe volver a ocurrir que su sirvienta tire el agua sucia por el balcón y me estropee la ropa tendida, como hace día sí y día no.

—Se lo comunicaré a Betta, tomará medidas.

—Gracias. Y de paso comuníquele que ni se le ocurra decir que mi hijo roba juguetes. Si mi hijo roba juguetes, es mejor que cada cual tenga a sus hijos y sus juguetes en su casa. Porque no es cuestión de que la señora haga de profesora y yo de canguro gratis. Tengo cuatro hijos, una casa que sacar adelante y no puedo perder tiempo. Es más, ¿sabe qué le digo? Si el niño sigue bajando el cubo, le corto la cuerda y se lo tiro.

—Bien hecho. ¿Dónde están los juguetes que bajó Mario?

—¿También me está diciendo usted que mi hijo se los ha robado?

—No he dicho eso, son niños, era por saberlo.

—De acuerdo, si era por saberlo hagamos lo siguiente: cuando vuelva mi marido, lo mando a que se los traiga, los juguetes, y así le dice usted a la cara que nuestro hijo roba. Anda, Mario, ve con tu abuelo, sois todos gente de mierda, de la primera a la última generación, buenas tardes.

Empujó al niño hacia mí con malas maneras, se metió en el ascensor, cerró la puerta de hierro a su espalda y, tras un respingo de la jaula, desapareció.

Entré a Mario, cerré la puerta.

—Quiero mis juguetes, los necesito —dijo el niño con hostilidad.

Me incliné, lo aferré de los brazos.

—¿Cómo se te ocurre salir de casa? Cuando te digo que te quedes en tu habitación, te quedas en tu habitación. A partir de este momento, a partir de este momento, Mario, mírame, o haces lo que te digo o te encierro con llave en el trastero.

El niño no bajó la vista, se soltó, pataleó.

—Ten cuidado porque en el trastero te encierro yo a ti. —Pronunció la contestación, amenazante, con un esfuerzo que lo dejó agotado, acto seguido estalló en llanto.

Lamenté haberlo hecho llorar, reculé a toda prisa. Intenté consolarlo, dije: Basta, ahora yo también voy a llorar; dije: Me voy al trastero y me encierro yo solito. Fue inútil. Lloró primero en serio, después por una especie de prolongación mecánica del llanto, y así siguió unos veinte minutos, sorbiéndose los mocos y echándome de su lado cuando intentaba sonarle la nariz. De vez en cuando entre sollozos repetía: Se lo voy a contar a papá cuando vuelva.

5

Aunque le permití encender el gas para calentar la cena preparada por Salli, aunque le dejé usar un cuchillo afiladísimo del que se había apropiado arbitrariamente mientras ponía la mesa, nuestras relaciones no mejoraron.

—Puedes quedarte el cuchillo, pero la carne te la corto yo.

—No, yo sé.

—Me creo que sabes, pero cuando está el abuelo, la carne te la corta el abuelo.

—Tú no eres mi abuelo.
—¿No? Entonces, ¿quién es mi nieto?
—Nadie.

Si Mario no tenía ganas de reconciliarse conmigo, muchas menos ganas tenía yo de reconciliarme con él, en vista de que cuanto más estábamos a partir un piñón, menos tranquilo me dejaba. Pero me preocupaba, porque se acercaba el momento en que Betta telefonearía y no quería que el niño la alarmase; ya bastantes problemas tenía con la celosa inquisición de su marido. Así, mientras lavábamos los platos de la comida y la cena —aunque enfurruñado, seguía considerándose mi ayudante, me proporcionaba todo lo necesario, jabón, esponja, paño de cocina y se lanzaba a ello como si fuera cuestión de vida o muerte—, empecé a salpicarlo con agua preguntando cada vez: ¿Juegas? Durante un rato siguió siendo un ayudante hostil, la cabeza gacha y enérgico gesto de repulsa.

—¿Juegas?
—Para, abuelo.
—¿Juegas?
—Para, te digo.
—¿Juegas?

Luego empezó a fingir que se quejaba, pero esforzándose por reprimir la sonrisa.

—Me has echado jabón en el ojo.
—Déjame ver.
—Escuece.
—¡Qué va! No tienes nada.

Al final se puso a vigilarme de reojo para ver si quería jugar de veras y cuando se convenció, intentó salpicarme a su vez con un poco de agua preguntando: ¿Juegas? Así, de juego en juego —de tanto jugar perdió el equilibrio y a punto estuvo de caerse de la silla a la que se había subido para ayudarme, menos mal que lo sujeté a tiempo—, la tensión entre nosotros pareció aligerarse. Y nos fuimos a la sala a ver un rato la televisión.

—¿Qué vemos, abuelo?

—Luego decidimos.

—¿Podemos ver dibujos animales?

—Animados.

Le costó aceptar que los dibujos no eran animales. Me enumeró ocas, gansos, conejos, ratones, musarañas, un catálogo pedantísimo de bichos que aparecían en los dibujos, para demostrar que eran animales sin lugar a dudas. De inmediato me enredó en una discusión sobre qué significaba animal, animar, animado y dibujos animados. Dije: Son dibujos que se mueven, que hablan, que tienen un alma. Quiso saber qué era el alma. Un soplo, contesté, que nos hace mover, correr, hablar, dibujar, hacer juegos. Se empecinó en que los dibujos animales hacían precisamente todas esas cosas. Después, poquito a poco pareció convencerse y me preguntó:

—¿Los dibujos tienen el soplo?

—No, se lo dan quienes los dibujan.

—Tus dibujos no se mueven.

—Porque no son dibujos animados.

—¿Y por qué no los haces animados?

—Si surge la ocasión, los haré.

—A lo mejor a los que son muy viejos no les piden que los hagan porque tienen que gustarles a los niños.

—A mí me los pedirían.

—¿Te los pedirían porque eres famoso?

—¿Sabes qué significa ser famoso?

—Mamá me lo dijo, cuando te conoce hasta la gente que tú no conoces.

—Pues sí, eso significa.
—Le dije a mi maestra que eres famoso.
—¿Y ella qué dijo?
—Me preguntó cómo te llamabas.
—¿Tú lo sabías?
—Se lo pregunté a mamá y después se lo dije a la maestra.
—A ver si lo has dicho bien, dime cómo se llama el abuelo.
—Daniele Mallarico.
—Muy bien. ¿Y la maestra qué te contestó?
—Que nunca había oído tu nombre.

Comprendí que aquello lo había decepcionado y le expliqué que había varios grados de fama y que el mío no era suficiente para la profesora. Pero mientras hablaba caí en la cuenta de que yo también estaba un poco decepcionado, y para evitar que la decepción de ambos se transformara en malhumor, de nuevo le propuse ver la televisión. Resultó arduo encontrar el mando a distancia, yo se lo había secuestrado y no me acordaba dónde lo había metido. Recorrí la casa con nerviosismo, el niño me pisaba los talones. Yo encendía las luces de cada habitación, me esforzaba por buscar en mesas, escritorios, estanterías sin distraerme —empresa que siempre me ha resultado difícil porque cada vez que busco algo acabo pensando en otra cosa—, y cuando la exploración concluía y salía de la habitación, él, muy diligente, apagaba la luz a mi espalda. Hicimos dos o tres recorridos de exploración y, naturalmente, quien encontró el mando no fui yo sino Mario: estaba en la sala, debajo de mis álbumes. Se apoderó de él con gran entusiasmo, no conseguí quitárselo. Lo he encontrado yo, dijo, y yo enciendo la televisión. Contesté: Enciendes y nada más. No, casi gritó, también cambio de canales.

Y ya apretaba los labios, ya ponía mirada hostil. Iba a quitarle el mando y a decir: Basta, o me obedeces o te vas a la cama, cuando sonó el teléfono. Está bien, dije rindiéndome a toda prisa, quédatelo. Y seguido por él, que trasteaba con el mando a distancia, fui a la cocina, donde estaba la base del teléfono inalámbrico.

Era Betta, su tono era expeditivo. De fondo se oían un murmullo insistente, ruidos que parecían de cubiertos. Alguien la llamó, ella dijo afectadamente alegre: Voy enseguida. Después se dirigió a mí:

—¿Por qué no me contestas al móvil?
—Lo tengo en silencio.
—¿Todo bien?
—Sí, muy bien.
—¿Ha comido Mario?
—Más que yo. ¿Y tú qué tal?
—Bien.
—¿Qué tal tu ponencia?
—Bien.
—¿Y con Saverio?
—No me deja vivir, acaba de montarme un numerito.
—Mándalo a tomar por culo.
—Papá, ¿cómo hablas?
—Perdona.
—¿Te ha oído el niño?
—No, ahora mismo está ocupado desmontando el mando a distancia.
—Pásamelo, así lo saludo.
—Mario, ¿quieres hablar con mamá?

Confiaba en que Mario se negara, sin embargo, dejó en el suelo las pilas del mando y corrió al teléfono. Oí que decía cosas como: No, sí, vuelve pronto, te quiero. Pero cuando la llamada parecía a punto de acabar, añadió:

—He llorado. —Su madre debió de decir algo muy articulado porque él se quedó escuchando sin contestar. Al final susurró casi—: Buenas noches, mamá. —Besó el teléfono una decena de veces y por último, como remate de los besos repitió—: Buenas noches, te quiero mucho, a papá también. —Me tendió el teléfono.

—No había necesidad de decirle que has llorado —rezongué.

—Solo le he dicho eso.

—¿Solo? ¿Y qué más podías decirle?

—Algo que yo sé.

—¿Qué?

—Que me hiciste daño en los brazos.

—Anda, si apenas te apreté.

—Me apretaste mucho. ¿Vemos la tele?

—Tu madre no quiere.

—No se lo diremos.

—Pero cuando se trató de decirle que habías llorado, bien que se lo dijiste.

—Perdona. Lo de la tele no se lo digo.

—Si no sabes volver a colocar las pilas del mando, conmigo no cuentes, yo no sé hacerlo.

Puso hábilmente las pilas, se fue corriendo a la sala a encender el televisor y se acomodó en lo que definió como su sillón que, de hecho, era un sillón viejo y comodísimo de mi madre. Yo me senté en el sofá, que era muy incómodo. La velada presentaba un mal cariz, nos disputamos un buen rato —y con rabia creciente— no uno sino tres mandos a distancia. Sabía marcar con precisión los números de los canales donde transmitían dibujos sin interrupciones, sabía cómo poner los DVD; su habilidad me irritó. Además, no respetaba ningún pacto. Vas a ver dibujos cinco minutos, le dije en un momento dado, después el abuelo quiere ver algo que le interese. Asintió, pero no tardé en descubrir que para él cinco minutos significaba «siempre», de modo que me resigné a dormitar delante de los dibujos animados. Después me acordé de repente de que un amigo mío participaría esa noche en un programa de entrevistas; iba a presentar un libro suyo en cuya cubierta había hecho poner uno de mis cuadros. Así, sin más discusiones, le quité al niño todos los mandos a distancia, y me limité a decirle: Se terminaron los cinco minutos y si protestas, apago. No protestó, se tumbó con cara torva en el sillón. No hice caso de su malhumor, pasé de un canal a otro en busca del programa al que habían invitado a mi amigo. Pesqué por fin el correcto, ahí estaba mi amigo, lo entreví unos segundos entre otros invitados. Como Mario miraba fijamente la pantalla sin decir palabra, en cuanto volvieron a enfocarlo, exclamé:

—Solo quiero oír qué dice ese señor y después te dejo ver dibujos otro rato, ¿de acuerdo?

Silencio.

Me acomodé mejor en el sofá, puse el mando a mi lado. Y ahí estaba el presentador, hablaba del libro, apareció la cubierta.

—¿Ves? Lo hice yo —dije.

—¿El libro? —murmuró.

—El cuadro que se reproduce en la cubierta. Mañana díselo a tu maestra.

—¡No me gusta! —dijo levantando bruscamente la voz.

—A ti no te gusta nada, Mario.

—El amarillo es lo único bonito.

¿El amarillo? No recordaba haberle dado un relieve especial a ningún amarillo, no recordaba siquiera haber utilizado uno, y, por otra parte, no tuve tiempo de mirar, la cubierta desapareció, el presentador dio la palabra a mi amigo.

—Calla —le dije al niño, que iba a añadir algo—, ahora escucha.

Mi amigo empezó a hablar, pero, como de costumbre, Mario no acató mi prohibición; se levantó del sillón, se encaramó al sofá, dijo no sé qué. Ni siquiera le contesté, o eso creo, quería oír si mi amigo me citaba. Tenía treinta años menos que yo, era muy competente en lo suyo, se mostraba seguro de su trabajo, hablaba de él como si fuese lo más importante del mundo. Yo nunca había sido capaz de darme importancia. Había trabajado duramente toda la vida, pero siempre me había dado vergüenza ser yo quien atribuyera valor a lo que hacía, siempre esperaba que lo hicieran los demás. Sin embargo, mi amigo reflexionaba sobre cómo aquel texto había modificado toda una tradición de estudios, y lo hacía sin ningún empacho, de un modo persuasivo, hasta tal punto que el presentador asentía, los demás invitados escuchaban con interés. Me habría gustado que enfocaran otra vez la cubierta, esperaba que me citaran y que Mario oyera mi nombre, Daniele Mallarico, y exclamara: Han hablado de ti. En su lugar aparecieron de repente unos dibujos animados de muchos colores, repleto de animales expertos en kung fu.

—¿Quién te ha dicho que tocaras el mando? —estallé volviéndome de golpe—. ¿Quién te ha dicho que cambiaras de canal?

—Te lo he preguntado, abuelo, y me has dicho que sí —contestó asustado Mario.

Tendí el brazo rabioso, él me entregó enseguida el mando. Traté de volver a ver a mi amigo acompañándome con refunfuños descontentos, pero no me acordaba de qué canal era.

—Tienes que poner el número —dijo el niño, preocupado.
—Calla.

Salté de un canal a otro, lo encontré por fin, pero mi amigo ya no estaba. Tiré el mando a distancia en el sofá, dije con fingida calma:

—Ahora te vas inmediatamente a la cama.

No hice nada para que obedeciera mi orden. Salí de la habitación, di vueltas por la casa, encendí luces, me oí murmurar frases inconexas en dialecto. Ahora no solo me sentía débil hasta la fragilidad, sino infeliz, como si todas las infelicidades de mi vida se hubiesen dado cita en ese momento y en aquella casa. Fui al dormitorio del niño, donde tenía mis cosas, tropecé con las suyas tiradas en el suelo, juguetes y más juguetes, aparté algunos a patadas. Busqué los cigarrillos, pero pensé que cuando Betta regresara montaría un escándalo si llegaba a notar el olor a tabaco y salí a fumar al balconcito.

Enseguida me llegó el ruido del tráfico junto con el aire gélido. Di un par de pasos cautos hacia fuera y aspiré el humo, tosí. Era una noche sin estrellas, aunque el día había sido diáfano, y el estruendo de los coches, de la estación, de los altavoces, de los trenes, aparecía muy luminoso, todo luces delanteras, luces traseras, escaparates iluminados, un ruido rojoblancoamarillonegro. Pese al frío, me fumé el cigarrillo casi hasta el filtro. Apagué la colilla en la barandilla, la lancé al aire, volví a entrar.

En la casa seguían resonando las voces del programa de entrevistas, Mario no había vuelto a poner dibujos animados. Al entrar en la sala, vi que dormía en el sofá. Dormía profundamente, le rocé la frente con los labios, la tenía sudada.

6

Mientras recorría el pasillo a oscuras cargando en brazos el cuerpo abandonado del niño, llevaba dentro de mí una insatisfacción desoladora. Lo metí en su cama vestido, sin encender la luz, me limité a quitarle los zapatos. Al dejarlo, tuve la impresión de que había retenido mi calor.

Recorrí deprisa la casa a oscuras —debía aprender a estar entre fantasmas— orientándome con la claridad de la sala, donde la luz se había quedado encendida y continuaba la cháchara de la televisión. Me senté en el sillón antes ocupado por Mario, traté de concentrarme en la tele, pero estaba cansado y aterido, no tenía ganas de nada, la apagué. Comprobé que los radiadores de la sala siguieran encendidos, casi me quemé al rozarlos con los dedos. Tal vez el frío venía de los otros cuartos, pero desistí de comprobarlo, todavía me costaba acertar con los interruptores. Mario había notado enseguida mi impericia, pensé en él con una mezcla de maravilla y rencor. Sí, era idéntico a su padre, estirpe de licenciados licenciadísimos desde hacía varios siglos, tiquismiquis, sabelotodos. No tenía nada de mi hija, no tenía nada de mí, ni la fisiología, ni los comportamientos. El niño era de un material extraño, los cromosomas tenían otra procedencia, sus moléculas secretas estaban repletas de datos para mí incomprensibles, tal vez hostiles desde milenios y milenios. Imaginé con una ironía triste que también mis espectros debían de estar disgustados con aquel niño conectado a otro motor genético. Estaban furiosos conmigo porque, al haberlos ahuyentado desde el comienzo de mi adolescencia, me había debilitado. Quisiste convertirte en un señorito de refinados sentimientos —decían—, y fíjate cómo has acabado.

Alejé aquellas imágenes, me levanté gimiendo del sillón, me obligué a dar vueltas de nuevo por la casa, pero esta vez encendí todas las luces. Cuando todavía estaba a las puertas de la adolescencia, si me movía en la oscuridad o la penumbra, veía a los parientes de mi padre y de mi madre que había conocido o que había visto solo en fotos. Se habían muerto durante la guerra, de eso estaba seguro, sin embargo, estaban de pie en los rincones de la casa, ocultos detrás de una puerta, detrás de un armario. Si los descubría, me indicaban por señas que callara, recurrían a un guiño, reían sin emitir sonido alguno. Después, aquella época quedó atrás, pero ahora en mi memoria había más muertos que cuando era niño —cuántos de mis amigos y conocidos habían fallecido tras duras enfermedades— y también las angustias se habían centuplicado, tanto que a veces, en Milán, me despertaba de golpe convencido de que en casa había ladrones y asesinos, recorría insomne los cuartos y me sobresaltaba si el reflejo de una luz, proyectada en la pared por la fronda móvil de los árboles del patio, se me antojaba una presencia feroz. Me pregunté por qué me preocupaba. Ahora debería tener más melancolías que angustias: he vivido gran parte de la vida y me acerco al momento de morir, será Mario a quien le toque descubrirme detrás de la puerta de un mueble o en los rincones oscuros de esta casa. Cuántas imágenes era capaz de poner en movimiento el cerebro con su circuito de emociones. El niño no tenía miedo de la oscuridad, pero tal vez, después de nuestra convivencia, temería mis apariciones.

Tenía sueño y ni pizca de energía para trabajar. Comprobé que era el único espectro que vagaba por la casa, y que ni siquiera había ladrones motivados por la miseria, camorristas asesinos. Cerré la llave del gas, eché el pestillo de la puerta, dos vueltas. Mañana debo dejarlo todo el día cerrado, me propuse, el pomo está muy alto y ni siquiera subiéndose a una silla Mario, con sus manos de niño *faber*, podrá alcanzarlo, abrir e irse a la casa de su falso amiguito del primer piso. Volví sobre mis pasos apagando una luz tras otra. Cuando por fin me metí en la cama procurando no tropezar con los juguetes, pensé que podía quedarme tranquilo, todos los fantasmas estaban en la vieja casa de la adolescencia. Ahora, en el duermevela, me daba cuenta de que la vieja casa rodeaba como una cornisa a aquella otra donde estábamos Mario y yo. Los veía y los dibujaría pronto, pero desde un espacio donde me encontraba a salvo, no había manera de que la casa vieja y la de hoy se apoderaran una de otra. Cuando yo encendía las luces aquí, los espectros de allí se quedaban a oscuras; y cuando yo, como acababa de hacer, apagaba hasta la última luz de la casa y me tapaba la cabeza con la manta, las habitaciones de entonces se iluminaban de golpe y sus habitantes —todos ellos, construidos con todo aquello que había descartado de mí mismo— se me ofrecían como una materia inerte que, según viejas fantasías de la ciencia vieja, se habría transformado pronto en lodo vivo e insaciable.

7

El segundo día fue el más arduo. A las cinco de la mañana ya estaba en pie. Le eché un vistazo a Mario que, vestido como lo había dejado y tapado con las mantas, estaba muy sudado. Como los radiadores todavía no se habían encendido, temí que se enfriara si lo destapaba, de modo que me limité a descubrirle un poco los pies, todavía con calcetines, y los hombros, protegidos por un jersey. Esta noche, me propuse, tengo que acordarme de obligarlo a que se ponga el pijama antes de ver la televisión. Después fui a la sala y trabajé de modo satisfactorio en la imagen de la doble casa, la del presente y la del pasado, la una dentro de la otra. A fin de cuentas, me pareció útil haberme librado del cuento de Henry James, me incliné por hacer láminas inspiradas en el apartamento de mi adolescencia y en mis propios fantasmas. ¿Qué sé yo, me pregunté, del Nueva York de finales del siglo XIX? Utilizaré Nápoles y entre la casa del pasado y la del presente, me inventaré un hueco transparente en el que meteré a muchachitos, infinidad de muchachitos en contacto entre sí como una larga cadena de hermanos siameses criados en la pobreza y sin calidad, muchachitos que no ocultan la cara en la sombra ni se la tapan con las manos, no tienen necesidad, son de por sí cuerpos inacabados, sin boca ni ojos, que se afanan, escarban con miembros mancos, se desgarran por la necesidad urgente de alargarse, crecer, definirse.

Seguí por ese camino y en los esbozos me aventuré mucho con colores fuera de registro, con tonos estridentes. Me vino otra vez a la cabeza Mario: desde el primer momento, nada de lo que yo hacía lo había entusiasmado. Había torcido el gesto ante las ilustraciones de los libros de cuentos, y sobre mi cuadro que había aparecido en la televisión se había pronunciado diciendo que era feo. Pero tenía cuatro años, yo estaba seguro de que repetía los juicios de Saverio y tal vez incluso los de Betta. Solo el elogio del amarillo era suyo, y creo que había sido auténtico, un arranque sincero. En un momento dado lo oí moverse por la casa, primero en el baño, después en la cocina. Tras dar un último retoque y luego otro más, al final fui a ver qué tramaba.

Lo sorprendí en la cocina, de pie en una silla. Había encendido el fuego, había puesto a calentar mi agua para el té, la leche para él. No quise empezar el día con un reproche. ¿Has dormido bien? —le pregunté.

—Sí, ¿y tú?

—Yo también.

—Es cómodo dormir con la ropa puesta, así ya estoy listo.

—De todos modos, hay que asearse y ponerse ropa limpia.

—¿Tú ya te has aseado?

—No.

—¿Has hecho pis?

—Sí, ¿y tú?

—Sí.

—Apaga el fuego.

Apagó y cautamente propuso:

—¿Puedo no asearme hoy?

Le serví la leche en la taza y metí el sobre en la tetera.

—De acuerdo.

—Me aseo cuando vuelva mamá.

—De acuerdo.

—Y duermo siempre vestido.

—Eso no.

Se puso triste un instante, después se animó y el resto del desayuno fue sobre ruedas. Me costó que aceptase que necesitaba encerrarme en el baño para mis abluciones.

—¿Qué son tus abluciones?

—Ducharme.

—¿Y yo qué hago mientras tú estás en el baño?

—Lo que tú quieras.

Lo pensó, lo vi indeciso.

—¿Me puedo duchar yo también?

Lo mandé a buscar ropa interior limpia y lo metí debajo del chorro de agua mientras él, con actitud prescriptiva, me recordaba: Si te bañas después de comer, te mueres. Al ver que no me molestaba en salvarle la vida, empezó a retozar, bailar, escupir agua, chillar: ¡Está muy caliente!

Luego lo sequé, lo vestí y lo eché fuera diciendo: Ahora me toca a mí. Preguntó: ¿Me puedo quedar?

Le dije que no y durante unos minutos lo oí brincar y canturrear en el pasillo. Después, se puso de repente a sacudir el picaporte con saña, a patear la puerta, a gritar: Abuelo, te veo por la cerradura, o bien: Déjame entrar, tengo pis, tengo caca. Le grité: ¡Calladito!

Dejó de hacer ruido enseguida. Me sequé y vestí deprisa, y abrí la puerta.

—Me he estado calladito —dijo.
—Ya era hora.
—¿Cuándo voy a tener el pito como el tuyo?
—¿En serio has espiado por la cerradura?
—Sí.
—Vas a tener un pito mucho mejor que el mío.
—¿Cuándo?
—Pronto.

Se oyó un timbrazo enérgico, nos miramos indecisos. Todavía no eran las ocho.

—Pon el cuchillo grande de la carne en el mueble del vestíbulo —me aconsejó.
—¿Por qué? ¿Papá va a buscar un cuchillo cada vez que llaman al timbre?
—No, va mamá cuando papá no está.
—Nosotros, los varones, somos fuertes y no necesitamos cuchillos.
—Tengo miedo.
—No hay nada de qué tener miedo.

Fui a abrir. Me encontré frente a un hombre cincuentón, delgadísimo, de estatura media, la cara muy arrugada, el cabello ralo. Vi que llevaba unos juguetes en la mano —un camión rojo, una espada de plástico— y deduje que debía de ser el padre del niño del primer piso. Adopté una expresión cordial.

—Gracias, no tenía por qué molestarse, no había ninguna prisa —dije.

El hombre se cohibió, dijo con voz afligida:

—Mi mujer no me dejaba en paz.

—Las mujeres son así.

—Pero la profesora Cajuri también se pasa.

—¿Qué ha hecho?

—No entiende que mi hijo tiene seis años, y como no tiene todos los juguetes que tiene Mario, a veces los esconde para jugar con ellos solo.

—Pues déjelo jugar, Mario se los presta con mucho gusto un rato. ¿No es así, Mario?

Agarrado a mi pierna, el niño asintió teatralmente.

—Ya sé que Mario se los presta, pero la profesora no lo entiende —dijo el hombre—. Entonces, hágame el favor de decirle que el niño no vuelva a bajar el cubo lleno de juguetes ni venga más a casa. En nuestra familia no hay chorizos. Los ladrones más bien son quienes gastan en comprar un montón de juguetes.

—Ahora el que se está pasando es usted: mi hija trabaja, no roba.

—Yo también trabajo. Pero su hija dice que robamos, y eso no se hace. Adiós, Mario, lo siento, a ti te queremos.

Le tendió los juguetes, el niño los cogió, pero se le cayó el camión.

—Pase, lo invito a un café —dije.

—Haga cuenta que me lo he tomado, buenos días.

No bajó en el ascensor, sino por la escalera. Era evidente que había cumplido con una tarea que le habían impuesto y no era de su agrado. Me pareció un buen hombre, le habría hablado de buena gana sobre cómo era la ciudad cuando yo era niño, sobre mi juventud antes de marcharme de Nápoles, sobre cómo antes todo —el bien y el mal— parecía un reflejo del ambiente en el que habías nacido y sobre cómo hoy todas las cosas —el bien y el mal— parecen escritas en las profundidades de la carne. Aunque tenía trabajo y pese a que eran las ocho de la mañana, sentía la necesidad de distraerme conversando con un adulto, estaba cansado de estar siempre y únicamente con el niño. Después de haber recogido el camión, Mario le gritó:

—¡Se los bajo a Attilio con el cubo!

—Tú no bajas nada —dije—, lleva tus cosas a tu cuarto y quédate ahí. Hoy no quiero que me molestes.

8

No sé cuánto tiempo estuve combinando los bosquejos y esbozos de aquellos días para obtener diez láminas en una versión convincente. Sin duda, trabajé de firme y como si tuviera ante los ojos la vieja casa con todos sus detalles y sus habitantes asustados o agresivos, una maraña de cuerpos jóvenes deformados por la presión contra la pared transparente que separaba mi yo de hoy de cuanto habría podido ser. Aquellos seres se arrastraban, saltaban, se retorcían, luchaban, se torturaban recíprocamente, y para definirlos, de lámina en lámina, fui agotando toda mi experiencia. Pero nunca me entregué de veras, temía olvidarme de Mario, que jugaba al final del pasillo, y sobre todo temía olvidarme de mí. De modo que en ningún momento ocurrió que el placer se impusiera a la fatiga. Recurrí sencillamente a toda la habilidad diligente de que era capaz y cuando paré, me di cuenta de que me había deslomado con el único fin de poder decirme: Listo, las láminas más o menos están y las he hecho como yo quiero. Pero descartaba que fueran a gustarle al editor.

Estaba cansado, fijé la vista en el gran cuadro que tenía enfrente. ¿Cuándo lo había pintado? Hacía más de veinte años. En aquella época había suscitado una discreta aceptación y fue como si aquella aceptación me fortaleciera cargándome de nuevas energías; todo me salía con facilidad, lo que generaba ulterior aceptación. Lo que tenía delante pertenecía a aquella época feliz: dos metros de ancho, por un metro de alto, solo un rojo y un azul, charcos purísimos de color extendidos sobre la tabla, dentro de ellos había insertado un cencerro metálico tras horadarle un nicho. Me aparté de la mesa y me puse en un rincón. Todavía no había subido las persianas, siempre me había gustado trabajar con luz eléctrica, y la luz eléctrica llovía de la lámpara del modo adecuado, hacía centellear el borde del cencerro, generaba un arco resplandeciente que partía del rojo para terminar en el azul.

Por un momento lo vi todo bien concebido. Pero la complacencia no tardó en parecerme un efecto de la melancolía. ¿Era una obra memorable o solo testimonio de un tiempo en que el cuerpo se había sentido enérgico, pletórico? Empecé a encontrarle mil defectos. Poco a poco me convencí de que no solo había envejecido yo, sino también aquella obra. El cuadro comenzó a parecerme una fea madera manchada: ¿qué era el polvo dorado que había distribuido por los bordes como una aureola rectangular? ¿Qué sentido tenía horadar en la tabla manchada de color un huequecito para un objeto real? Las modas, pensé con dolor, se agotan y dejan tras de sí las huellas fútiles de quienes las siguieron. Abandoné el rincón, subí las persianas. Una luz blanquecina entró en el cuarto, el cielo estaba otra vez nublado. Regresé ante el cuadro. Sin luz artificial era mucho peor: ahora el rojo se presentaba como un tejido necrosado, el azul era una poza infecta. Feo, insignificante, tanto aquel tablón pintado como todas mis obras, aunque me habían gustado, aunque habían tenido cierto éxito. Tal vez debería haber colocado entre mis fantasmas, ante todo, las sombras de los cuadros que creía haber hecho pero que, pensándolo ahora con frialdad, en realidad no había hecho. Existía en mí un núcleo verdadero que habría querido romperse y entregar al mundo formas nunca vistas. Pero yo —es decir, mi individualidad tal como la había definido el tiempo, es decir, el conjunto de pequeñas lecciones que había aprendido y de lenguajes que había asimilado— solo había sido capaz de obras como la madera aquella con el cencerro. Mejor los dibujitos de Mario, enmarcados con orgullo por sus padres y colgados al lado de mi cuadro y por toda la sala. Eché un vistazo a montañas, prados, flores inmensas, animales indescifrables, seres humanos con orejas enormes, todos conseguidos con golpes incontrolados de los lápices de pastel, todos con verdes y azules. Garabatos de niño, Betta también los hacía de pequeña, todos los niños los hacen. Me sentí tan insatisfecho que habría dado lo que fuera por empezar de cero, por ser otro. Necesito aire, me dije, y abrí las ventanas, la puerta de la galería. Salí de la sala y fui a ventilar el resto de la casa.

Abrí de par en par la ventana de la cocina, fui al estudio de Betta, después al dormitorio de Mario: el aire viciado me daba dolor de cabeza y no quería añadir más achaques a mis achaques. El niño había pasado todo el tiempo disciplinadamente con sus juguetes. Lo había oído hablar con sus muñecos, hacía ruidos con la boca, gritaba órdenes, extraía de sí mismo almibaradas vocecitas televisivas. Cuando entré en el cuarto estaba sentado en el suelo haciendo volar por el aire un animal monstruoso con cuernos sujetándolo en una mano mientras con la otra aferraba no sé qué superhéroe. En cuanto se percató de mi presencia, se interrumpió un momento, me lanzó una mirada para asegurarse de que no hubiese ido a prohibirle algo o reprenderlo, luego siguió jugando como si yo no estuviera.

Abrí la puerta del balcón, puse una silla para que no golpeara con la corriente y, sobre todo, para no acabar con Mario encerrado fuera. Hice nuestras dos camas lo mejor que pude, metí la ropa sucia en una bolsa. Ahora era más fuerte que yo, no conseguía dejar de mirar, al menos de reojo, los numerosos dibujitos también colgados en aquel cuarto. Crecerá, pensé, teniéndoselo muy creído, considerándose destinado a vete a saber qué. ¿Cómo podría ser de otro modo, si sus padres no hacen más que alabarlo ya con cuatro años? Fíjate en estas hojas, todas con los mismos hombrecitos de colores, como los de la sala, como los del pasillo; Betta y Saverio no tiran nada, convencidos de que cada una de sus tonterías contiene el destello inicial del genio. Me fui enfurruñando cada vez más, traté de desechar el malhumor atribuyéndolo a mi deterioro físico, no hubo manera. Sin embargo, no era la primera vez que debía enfrentarme a un derrumbe de la confianza. Pero allí, delante de aquellos dibujos, sentía que había algo —cómo decirlo— más orgánico, algo que tiraba de mí, que me sacudía para que fuese dicho hasta el fondo. Menos mal que intervino Mario. Dejó de jugar, se acercó a mí con el Superman en una mano y el monstruo en la otra.

—Aquel de ahí es oscuro, abuelo, ¿te gusta? —dijo señalando la pared con la mano que aferraba al monstruo.

—Me gustan todos.

—No es cierto. Dijiste que los hacía demasiado claros.

—Era una broma. Tú dijiste que mis dibujos eran demasiado oscuros, yo dije que los tuyos eran demasiado claros.

—No había entendido que era un juego.

—Paciencia, todo no puede saberse.

—Entonces, ¿seré bueno como tú?

—Mejor que no.

—¿Ves como no te gustan mis dibujos?

—Me gustan mucho. Son los dibujos de un niño, y todos los dibujos de los niños son bonitos.

—La maestra dice que los míos son los más bonitos.

—La maestra sabe poco o nada y se equivoca en un montón de cosas.

—No es cierto —dijo y me golpeó en una pierna con su monstruo, despacio, como para reforzar su oposición.

—¡Ay! —dije en broma, y con dos dedos le di un golpecito en un hombro.

Sonrió, parecía contento. Exclamó: ¡Jugamos a que te gasto una broma! Y me golpeó la pierna con más fuerza. Después se puso a gritar riendo: ¡Una broma, una broma, una broma! Y a cada grito me golpeaba con su animalazo, cada vez con más fuerza, a ráfagas. Hasta que pasó a decir: ¡Muérete, muérete!

Intenté detener los golpes, ahora me hacían daño. Pero me golpeó también en el dorso de la mano con la que me escudaba, sentí el desgarro producido por los cuernos del monstruo, agarré a Mario del brazo cuando se disponía a pegarme otra vez.

—Basta, me has hecho daño.

—Jugábamos a que te gastaba una broma —dijo en voz baja, con tono conciliador.

—De juego no tiene nada, mira lo que me has hecho.

Le enseñé el largo arañazo en la mano. Fijó la vista en el surco de sangre; para justificarse murmuró: Tú nunca quieres jugar. Y tratando de contener el súbito temblor de la barbilla añadió: Te doy un besito en la herida y se te pasa.

Dejé que me diera el besito para evitar que llorase otra vez, ahora notaba que me dolían también la pierna izquierda y la nalga.

—¿Se te ha pasado? —preguntó.

—Se me ha pasado, pero no vuelvas a hacerlo. ¿Sabes dónde hay desinfectante?

Lo sabía, naturalmente. Me invitó a seguirlo hasta el baño, me indicó dónde estaba el agua oxigenada.

—¿Sabes cómo abrir el frasco? —preguntó.

—Sí que sé.

—Yo no.

—Por una vez intenta no aprender.

Lo eché fuera, cerré la puerta. Me miré la pierna y la nalga, también allí tenía pequeñas heridas, me desinfecté. Con la vejez me asustaba incluso del menor rasguño, imaginaba infecciones, septicemias, hospitalizaciones de urgencia. No era el miedo a la muerte, creo, sino la pesadez de la dolencia, el fastidio del trastorno en las costumbres cotidianas. O tal vez fuera el terror a la muerte prolongada: prefería que fallara todo de golpe, en un instante, y no respirar más.

—¿Estás ahí fuera?

—Sí.

—Quédate ahí quieto.

—Sí.

Percibí su angustia por haber hecho algo irreparable y me avergoncé de haber perdido la paciencia.

—Ahora vamos a comer y después nos pondremos a trabajar juntos —le dije al salir.

—¿Vamos a dibujar?

—Sí.

—¿Contigo en el mismo cuarto?

—Claro, ¿cómo vamos a trabajar juntos si no?

9

Durante el almuerzo traté de mostrarme lo más afectuoso posible. El niño también se cuidó de no poner en peligro nuestra futura colaboración. Para empezar, en vez de ordenarme autoritariamente cómo poner la mesa, me dejó hacer. Incluso consiguió no entrometerse en el uso del microondas, necesario para descongelar los platos de Salli. Se limitó a insistir, con preguntas cautas, sobre cómo íbamos a trabajar juntos —él también utilizó ese verbo— y durante cuánto tiempo. Le contesté que trabajaríamos durante mucho, muchísimo tiempo, hasta que oscureciera, y le aseguré —me lo había preguntado espaciando las palabras con intervalos incómodos— que además de sus colores podría utilizar también los míos, aunque por muy poco tiempo. Comprendí que apreciaba mucho el juego de aquella colaboración, a buen seguro más que jugar a la escalera o a convertirme otra vez en caballo, y empecé a pensar que había caído en la trampa yo solo. Confié en que se cansara pronto, antes de que me cansara yo y de que, con mis nervios destrozados, me diera un arrebato y me olvidara de que tenía cuatro años.

Antes de retirarnos a la sala, fuimos a su dormitorio a buscar papel y colores. El niño quiso darme la mano, como si el recorrido fuese un bosque lleno de peligros y él tuviera que encargarse de que no me perdiera. Me di cuenta de que me había dejado el balcón abierto, hice ademán de cerrarlo, pero él me llamó, tuve que ayudarlo a poner sus útiles de trabajo en una bolsa. Cuando por fin nos fuimos a la sala y me agarró otra vez de la mano, comprendí que la verdadera intención del gesto era mantenerme dentro de aquel clima afectuoso tan prometedor.

Una vez en la sala, se aseguró de que su silla ya no se podía arrimar a la mía más de lo que ya estaba y nos sentamos. Pero después pareció acordarse de algo urgente y dijo: Voy a buscar unos cojines. Le pregunté para qué y él se afanó en demostrarme que estaba muy incómodo y que para estar bien sentado necesitaba unos debajo del trasero. Desapareció, tardó en regresar y me sentí solo, irritado por el cielo gris, por la luz soñolienta, por las pequeñas heridas en la pierna y la nalga, por el ardor del arañazo rojo de la mano. Cuando, a regañadientes, me disponía a ir a ver dónde se había metido, regresó corriendo con un cojincito azul de los que su madre le ponía en el suelo para que no se enfriara. Lo colocó en la silla, se encaramó a ella, y una vez comprobado que estaba cómodo, me preguntó si podía usar mis hojas, le parecían más adecuadas que las suyas. Se lo permití. Solo entonces me apoyé en el respaldo, estiré las piernas debajo de la mesa y, mientras Mario esperaba paciente que le asignara una tarea, examiné otra vez el trabajo de aquellos días.

De hoja en hoja mi decepción fue en aumento. Sospechaba ya que no había dado lo mejor de mí, pero las diez láminas que había preparado me parecieron distintas a como creía haberlas hecho. Procuré tranquilizarme, no pasarme con la insatisfacción, y espontáneamente me dio por preguntarle al niño, que espiaba por encima de mi brazo. Necesitaba una opinión y él, allí a mi lado, era el único que podía dármela. Le pregunté si le gustaban las láminas. No se lo pregunté en broma, sino en serio, y fue un momento de auténtica verdad, yo mismo me quedé maravillado.

Al oír mi petición, Mario se puso colorado. En lugar de mirar las láminas, me miró a mí para comprobar, creo, si el juego había comenzado. Le puse delante mis hojas apiladas una encima de la otra, en el orden de maquetación que pensaba proponer al editor, y él se fijó en la primera lámina, como si se la bebiera con los ojos, una metáfora antigua que siempre me ha parecido maravillosa: las cosas y las personas se disuelven, se vuelven líquidas, el ojo se hace boca y garganta transformando en pócima la irreductibilidad del mundo.

—Esta la has hecho clara, mira cuánto amarillo —dijo.

Me fijé perplejo primero en él y después en la lámina, y caí en la cuenta de que tenía razón. Involuntariamente, contra mis ya arraigadas elecciones estilísticas, había utilizado mucho amarillo, o al menos aquellos efectos que Mario definía como amarillo. ¿Había buscado su aprobación? Me entró la risa, y él se dio cuenta; preguntó serio:

—¿Lo he dicho mal?

—No —lo tranquilicé—, no, sigue, dime qué piensas. El abuelo está contento de escucharte.

En ese momento sonó el teléfono. Qué pesadez, dije. El niño estuvo de acuerdo conmigo, exclamó: No contestes, son esos que te lían por teléfono, papá les grita siempre que no quiere que lo molesten. El teléfono siguió sonando, uno, dos, tres timbrazos, manteniéndonos a los dos en tensión. Voy, dije. Mario me aconsejó: Grítale, así se asustan y no molestan más.

Fui a la cocina, el inalámbrico no estaba en su base, yo lo había dejado encima del mueble, al lado del fregadero. Contesté. No era ninguno de aquellos que se ganan a duras penas la vida tratando de endosarte mercancías de todo tipo por teléfono, era Betta.

—¿No habías dicho que llamarías a la hora de cenar? —le pregunté paseándome por el pasillo con el inalámbrico pegado a la oreja.

—Sí, pero esta noche no puedo, Saverio presenta su ponencia a las siete y después tenemos mil compromisos.

—¿Han mejorado las cosas entre vosotros dos?

—No, qué va, peor. Está tan tenso por su ponencia que desvaría. Dice que mientras él repasa el texto en la habitación, yo me veo con mi amigo. Por culpa de sus paranoias, hace unos minutos, el muy cabrón casi, casi me abofetea en público.

—¿Casi te abofetea?

—Sí.

—Si se atreve, dile que lo mato.

—¿Lo matas? —Poco antes estaba quejumbrosa, ahora estalló en carcajadas—. ¿Te encuentras bien, papá?

—Muy bien. Díselo.

Ahora se reía sin control, como hacía de niña.

—De acuerdo —prometió medio ahogada—, le diré: me ha dicho mi padre que, si me abofeteas, te mata.

No lograba calmarse, no podía creer que hubiese sido capaz de expresar en palabras aquello que yo, en ese momento, consideraba algo que habría hecho con facilidad.

—Déjalo, Betta, todavía eres joven, eres guapa e inteligente —le solté con seriedad—. Búscate a otro más apropiado para ti, ten un hijo, o mejor, una hija.

Rio otra vez, pero de un modo forzado.

—Estás loco. ¿Qué tal te va con Mario?
—Ha dicho que no tienes que molestarnos.
—Me alegro. ¿Qué estáis haciendo?
—Estamos dibujando.
—¿Has visto qué listo es?
—Pues sí.
—Dale recuerdos, dile que lo quiero mucho, hablamos mañana.

Volví junto a Mario. Realmente me importaba mucho su opinión, aunque aquello me hacía sentir estúpido. Descubrí que mientras tanto había visto todas las láminas y las había apilado a su derecha bien ordenadas. ¿Y?, pregunté. No dijo nada, antes quiso saber quién había llamado por teléfono, si eran los pesados con los que se enfadaba su padre. Cuando le comenté que había hablado con Betta, le supo mal, protestó porque no lo había avisado. Me costó convencerlo de que su madre tenía que trabajar y me costó que volviera a fijarse en las láminas.

—¿Ya no quieres jugar? —pregunté.
—Sí.
—Entonces, ¿qué te parecen mis dibujos?
—Bonitos.
—¿Seguro?
—Bueno, me dan un poco de miedo.
—Tienen que dar miedo, es un cuento de fantasmas.

Negó con la cabeza, no muy convencido, volvió a examinar las hojas, una tras otra, buscaba una en particular. La encontró, me la enseñó.

—¿Quién es este que está aquí sentado?
—El protagonista del cuento.
—¿Cómo se llama?

—Spencer Brydon.
—¿El fantasma es él?
—Los fantasmas son los que están detrás del cristal.
—¿Lloran?
—Gritan.
—Las bocas son agujeros, ni siquiera tienen dientes. Por lo menos dibújales los dientes.
—Están bien así. ¿Qué me dices del amarillo?
—El amarillo de aquí es feo —dijo después de reflexionar.

Me puse nervioso, donde él señalaba no había amarillo. ¿En ese momento también estaba jugando? Me resultó insoportable que diera respuestas falsas. Por otra parte, qué pretendía, era yo quien albergaba expectativas insensatas. Pedirle a un mocoso que valorase mi trabajo, pedírselo por una necesidad real de certezas, basta ya, basta ya. Corté por lo sano: De acuerdo, ahora tú haces tu dibujo y yo, el mío.

La propuesta no le gustó, discutimos un rato. Se había hecho a la idea de que íbamos a dibujar juntos, en la misma hoja, y fue difícil convencerlo de que cada uno debía dedicarse a su propio trabajo sin molestar.

—¿Qué dibujo? —preguntó malhumorado.
—Lo que te dé la gana.
—Hago lo que haces tú.
—De acuerdo.
—Hago un fantasma.
—De acuerdo.
—Así trabajamos juntos.
—De acuerdo.

Estaba dispuesto a levantar la voz si llegaba a impedir que me concentrara, pero no hizo falta. Al cabo de unos segundos me olvidé de su existencia, y él no hizo nada para recordármela.

Lógicamente notaba que estaba a mi lado, pero a fin de cuentas eso me pareció positivo, no debía preocuparme por él, podría trabajar toda la tarde retocando o rehaciendo lo que no me convencía, y quizá hasta podría quitarme definitivamente de encima aquel tormento. Después, si el resultado tampoco llegaba a ser del gusto del editor, paciencia, ya me inventaría otras maneras de engañar la vejez. La vida había pasado, lo que podía y sabía hacer ya lo había hecho. Que fuera mucho, poco o nada, ¿qué importancia tenía? Había dedicado con placer todo mi tiempo a aquella vocación, y además del tiempo, el placer también se había ido volando. La mano notaba cada vez más el cansancio; en otra época el gozo era tal que no me daba cuenta. Ahora, en cambio, la insensibilidad helada de los dedos no permitía el olvido, debilitaba la imaginación, se imponía incluso a mi terca autodisciplina. Lo noté, no me apetecía seguir afligiéndome, abandoné y aparté las hojas. Observé de nuevo mi cuadro rojo y azul con cencerro, luego me volví hacia Mario. Estaba inclinado sobre la hoja de papel, la tocaba casi con los labios entreabiertos, con la nariz. ¿Has terminado?, pregunté.

No me contestó. Se lo pregunté de nuevo, él me lanzó una mirada opaca, dijo que sí y añadió:

—¿Tú has terminado, abuelo?

Fui yo quien no contestó esta vez. El niño había levantado la cara de la hoja y conseguí ver su dibujo, los colores. Nada que pudiera compararse con las casitas, los prados enmarcados allí, en la sala, con las decenas de muñequitos expuestos en su habitación. En la hoja de Mario estaba la demostración de una extraordinaria capacidad mimética, de una armonía compositiva natural, de un sentido del color fantasioso. Me había dibujado a mí, muy reconocible, a mí ahora, a mí hoy. Sin embargo, emanaba horror, era realmente mi fantasma.

—¿Has hecho otros dibujos así? —le pregunté.
—¿No te gusta?
—Es precioso. ¿Tienes otros dibujos como este?
—No.
—Dime la verdad.
—Te la he dicho.
Le señalé las hojas pegadas en las paredes de su habitación.
—Esos son menos bonitos que este.
—No es cierto, le gustan mucho a mi maestra, a mamá y a papá.
—Y entonces, ¿por qué ahora has dibujado así?
—He copiado como dibujas tú.

Le quité la hoja, le eché un vistazo. Me sentí como si de un violentísimo empujón me hubieran enviado del centro del mundo a sus orillas. Y recordé otro impacto igual de fuerte, el que había notado de jovencito cuando todavía no sabía nada de mis capacidades y las descubrí con una mezcla de maravilla y espanto. Pero mientras que el empujón de entonces me había llevado tozudamente a creer siempre más en mi absoluta unicidad y relevancia —cuánta ambición desproporcionada había concebido—, sentí que el empujón originado por el dibujo de Mario amenazaba con aniquilarme. Reaccioné introduciendo algunas modificaciones.

—¡Muy bien, abuelo, así es más bonito! —casi gritó el niño por el entusiasmo.

Aquellas palabras me llegaron apenas —así es más bonito—, aparté la punta negra del lápiz como si con ella no estuviese haciendo daño al papel sino a Mario y miré hacia otro lado, las líneas y los colores me estaban envenenando.

—Sí, hoy sí que hemos hecho un buen trabajo —dije en voz baja.

Se puso serio. Adoptó un tono fingido y mirando la lámina en la que yo había estado trabajando minutos antes, murmuró orgulloso:

—Realmente bueno. El tuyo ha salido muy claro.

—Vamos a firmarlos.

Se quedó desconcertado.

—A mí no me sale bien. ¿Me ayudas?

—No, tienes que firmar como te salga.

—Pero si me equivoco, te lo voy a estropear todo.

—¿Quieres firmar mi dibujo?

Se ensombreció.

—Hemos trabajado juntos.

—De acuerdo, ¿tú firmas el mío y yo el tuyo?

Gritó un sí con una alegría exagerada y le pasé mi hoja. Lleno de tensión, trazó al pie, con rotulador rojo, unas letras de imprenta irregulares: Mario. Me disponía a firmar su dibujo con el mismo rotulador cuando me detuvo y dijo: Con el rojo no, con el verde.

Firmé «El abuelo» con el verde; tenía razón, combinaba mejor con el resto de los colores. Entretanto, la humillación iba creciendo desde el fondo de la cabeza. Lo consideré un sentimiento intolerable y para librarme de él exclamé: Ahora que el juego ha terminado, vamos a romperlo todo. Le señalé mi lámina, la que acababa de firmar, después (como me miraba titubeante, con una expresión mezcla de alegría y preocupación), cogí otra y la rompí en mil pedazos.

—Pero ¿jugamos a que es una broma? —preguntó en voz baja.

—Juguemos.

Soltó un chillido muy agudo y contribuyó a romper todo mi trabajo con la alegría desatada con que los niños deshacen aquello que han construido pacientemente con ayuda de los adultos. Rompía, lanzaba los pedazos al aire, chillaba, reía. Cuando hizo ademán de destrozar también su dibujo, lo frené agarrándolo del brazo.

—Ay —se quejó.

Le arrebaté la hoja.

—Este no, este se lo regalas al abuelo, que lo guardará —dije.

Evidentemente él consideraba aquel juego demasiado divertido y, sonriéndome, con el desafío en la mirada, trató de quitarme la hoja. Lo rechacé, se rio. No había entendido nada de aquel niño, parecía bien educado y no lo era. Me atacó otra vez, contraataqué. Como no conseguía quitarme el dibujo, empezó a lanzar por la sala lápices, rotuladores, colores, mi álbum, acompañando el lanzamiento de cada objeto con el grito risueño: Juguemos a que es una broma. Traté de hacerle ver que el juego había terminado, pero no lo conseguí y al final lo bajé de la silla, de su cojín, y lo conminé:

—Ordena todo ahora mismo, antes de que volvamos a pelear.

Se interrumpió, pasó rápidamente de la alegría a ponerse de morros.

—Pero tienes que ayudarme.

—La culpa es tuya, así que arréglatelas solo.

—Has sido tú quien me dijo que rompiera los dibujos.

—Sí, pero no te dije que armaras todo este lío.

—Estábamos jugando.

—No quiero discutir.

—Eres malo.

—Sí. Y te prohíbo que salgas de aquí si no has recogido y ordenado todas mis cosas.

¿Qué me estaba pasando? Me costó no amenazarlo con la mano tendida, de canto, a un centímetro de las mejillas, dispuesto a soltarle una bofetada. En compensación abandoné la sala dando un portazo con tanta fuerza que de la jamba se desprendió un trozo de revoque.

10

Fui a la cocina a buscar los cigarrillos, los encontré junto al fregadero. Sentí que en la sala había pasado algo decisivo, pero para ordenar los sentimientos debía concederme un momento de tregua. Renuncié a fumar, mejor una manzanilla. Abrí puertas y cajones, aunque al buen tuntún, ni siquiera sabía si había manzanilla en casa, tampoco quería preguntarle a aquel monigote de carne rebelde. Por Dios, qué había hecho, qué había logrado hacer, cerca de mí, sentado a mi lado. Necesitaba un sitio donde reflexionar con calma.

Fui al baño, oriné con dificultad, salí. Noté el aire frío, no me acordaba de si había cerrado la puertaventana del cuarto de Mario. Me parecía que no, el niño me había distraído. Fui a comprobarlo: el balcón se había quedado abierto. Aparté la silla que aguantaba la puerta, miré fuera, todavía se veía un poco de luz violeta en la base del cielo muy negro encima del Centro Financiero de Nápoles. Entonces descubrí que el cubo no estaba, la cuerda colgaba de la barandilla. De nuevo se me subió la sangre a la cabeza. Cuando Mario había ido a buscar el cojín, no supo resistirse y, saltándose todas las prohibiciones, se había entretenido en bajar el cubo para mandarle juguetes a su amigo. Tarde o temprano, el padre de Attilio se presentaría otra vez para protestar, o peor, su mujer. Estaba enfadado, salí al balcón con cautela. Soplaba el viento, subí la cuerda con unas náuseas causadas por un leve vértigo. El cubo, menos mal, estaba aún lleno de juguetes. A mi espalda oí que Mario exclamaba alegremente:

—Abuelo, te voy a gastar una broma.

Me di media vuelta.

—No salgas, hace frío —le ordené.

No salió. Empujó la puertaventana con todas sus fuerzas y me encerró fuera.

Capítulo tercero

1

No hice nada. Durante un número interminable de segundos me quedé junto a la barandilla con la cuerda en la mano, la cabeza vuelta hacia el marco blanco de la puerta y la larga plancha de cristales dobles mientras el cubo colgaba en el vacío. El ruido del tráfico se volvió insoportable, ahogaba todos los demás sonidos. No conseguía oír al niño y tampoco verlo. La luz del día se había reducido a unos tenues reflejos, no alcanzaba a difundirse por la habitación.

Solté la cuerda de golpe, me aparté despacio del borde más alejado del balcón, por fin distinguí a Mario. Estaba inmóvil, su exigua estatura detenida al pie de la puertaventana, con las manos todavía apoyadas en el cristal, los ojos pícaros. No dije nada, tuve la sensación de carecer de sentimientos. Me limité a apoyar las manos en el cristal como si fuese una proyección de la pose adoptada por Mario y a empujar con energía, convencido de que era el niño quien me impedía entrar y de que mi fuerza bastaba para vencer la suya. Como la puerta no se movió un solo milímetro, al final fui plenamente consciente de mi ansiedad. Mis movimientos se hicieron frenéticos y, jadeando, pasé a ejercer con todo el cuerpo una presión irrazonable sobre el cristal. Después me rendí. Me había quedado fuera y Mario dentro.

Conseguí no gritar, aunque en ese momento sentía por el niño tal aversión que me ardían los ojos. Mentalmente, la tomé con Saverio. El muy imbécil había mandado colocar una puerta sin picaporte por fuera, sus únicas preocupaciones habían sido impedir que el ruido turbara el sueño de su hijo y evitar que los ladrones entraran en la habitación. Para colmo, aunque la puerta había salido defectuosa, él, demasiado ocupado con su obsesión de atormentar a mi hija, ni se molestó en cambiarla o al menos en mandar que la arreglaran. ¿Cómo había podido Betta vivir tanto tiempo con un hombre así y encima tener un hijo con él? Me agaché a la altura de Mario. Ahora solo veía sus manos palidísimas contra el vidrio, la oscuridad se había tragado por completo el cielo, el balcón, el cuarto, el niño. Golpeé despacio con los nudillos, me esforcé por sonreír.

—Ya hemos jugado —dije en voz muy alta—. Ahora, por favor, ¿puedes encender la luz?

—Enseguida, abuelo.

—No corras, no te hagas daño.

Las manitas también desaparecieron, pero por un instante. La luz estalló en el cuarto, irrumpió en el balcón y eso me calmó. El niño regresó corriendo, estaba encantado.

—¿Qué hago?

Ese era el problema, qué hacer.

—Te sientas en el suelo.

—¿Y tú en el balcón?

—Claro —accedí, y con cierta dificultad me acuclillé al lado de la puertaventana.

—¿Qué más?

—Un momento.

Necesitaba reflexionar y, sobre todo, medir las palabras, quería evitar que notara la gravedad de lo que acababa de hacer y se asustara.

—¿Tú me ves, abuelo? —me preguntó.

—Claro que te veo.

—Yo también te veo. ¿Nos saludamos?

Me saludó con la mano para asegurarse de que yo estaba de buen humor, lo saludé. No se conformó. Golpeó el cristal sonriendo, golpeé el cristal sonriéndole. Busqué su mirada. Las pupilas brillantes me reflejaban en forma de figurita, un muñeco que, poco antes, había pasado milagrosamente por sus manos para convertirse en un dibujo que me había dejado sin aliento. Qué organismo minúsculo el suyo, y, sin embargo, cuánto mundo, cuántas palabras contenía ya. Las encadenaba de tal modo que daba la impresión de comprender bien su sentido, pero no entendía nada. Así era en todas sus manifestaciones. Ni siquiera entendía lo que había dibujado y coloreado poco antes. Mario solo era el pequeño retazo de una materia viva cuyo potencial —como le ocurre a cualquiera— permanecía comprimido a la espera de desarrollarse. Pasados unos veinte años, por comodidad, le pondría sordina a gran parte de sí mismo —un área vasta que ir desechando poco a poco— y se dedicaría a perseguir algún deslumbramiento que después llamaría «mi destino». Mario, le dije golpeando el cristal con los nudillos, y el interés lo iluminó enseguida, no veía la hora de recibir órdenes. ¿Sabes que no puedo entrar en casa?, le pregunté. Claro que lo sabía —Lo sé, abuelo—, pero no veía nada de malo en ello. Ahora jugamos un rato, dijo, y después entras.

Evidentemente, se imaginaba un período indefinido de diversiones (él a un lado del cristal, yo al otro) que concluiría cuando se aburriera, y entonces yo entraría de nuevo en el apartamento.

—Mario —objeté—, si alguien no me abre, no podré volver a entrar.

—Te abre Salli.

—Salli viene mañana por la mañana.

—Entonces juguemos hasta mañana por la mañana.

—Para mañana por la mañana falta mucho, no podemos jugar tanto.

—¿Tienes que trabajar?

—Sí.

—Eres demasiado trabajador, abuelo. Vamos a jugar, después llega papá y te abre.

—Papá vuelve pasado mañana y para pasado mañana falta todavía más que para mañana por la mañana.

—Entonces te abro yo. Dime qué hacemos.

Estuve a punto de perder el control, solo me contuvo la impresión de que tenía el móvil en el bolsillo del pantalón, pero no encontré más que el paquete de cigarrillos y las cerillas. Quién sabe dónde lo habría dejado, llevaba mucho sin usarlo, la última llamada que había recibido —o de la que me había dado cuenta porque lo tenía siempre en silencio— había sido del editor. El niño golpeó con fuerza el cristal, no toleraba que me distrajera. Tal vez me equivocara, debía aterrorizarlo, hacerle entender bien en qué lío nos había metido. Pero ya había adoptado aquel tono de fingido afecto y seguí usándolo.

—Mario, ¿sabes dónde está el teléfono de casa? —pregunté.

Se entusiasmó.

—¿El inalámbrico?

—El inalámbrico.

—Claro que lo sé.

—¿Serías capaz de ir a buscarlo?

—Sí.

—¿Sin subirte a una silla?

—Sí.

Se disponía a salir corriendo, golpeé el cristal con los nudillos.

—Espera.

Le dije que antes debía hacer otra cosa: buscar una hoja de papel que estaba en la encimera, al lado de los hornillos de la cocina, y traérmela.

—¿Voy corriendo?

—No, caminando.

En cuanto me quedé solo, noté el frío y caí en la cuenta de que llevaba pantuflas y un jersey fino. Pero no tardaría en entrar en la casa. En la hoja de instrucciones, Betta me había dejado apuntados no sé qué números por si se presentaba una urgencia. Mario era tan ducho con los teléfonos y mandos a distancia que resultaría bastante fácil conseguir que marcara uno de aquellos números y pedir ayuda. Miré abajo, hacia el patio: era un pozo oscuro, ninguna de las ventanas, ninguno de los balcones apilados uno encima del otro, despedía claridad. En cambio, a mi izquierda, la calle, un amplio canal muy transitado, estaba bien iluminada, partía de las luces de la estación y seguía festivamente a lo largo de una cadena de luces rojas traseras y otra de luces delanteras que discurrían a paso de caracol en direcciones opuestas. El clamor de voces, el ruido de motores impacientes eran violentísimos. Me sentí más débil de lo habitual, y no por el agotamiento físico, sino por el dibujo asombroso que había hecho Mario. Ni siquiera la angustia de aquella situación lograba alejarlo del todo.

El niño regresó corriendo, golpeó feliz el cristal, apoyó en él la hoja con las dos manos. Me agaché, saqué las gafas. Dale la vuelta, le pedí. Obedeció. Entre los números apuntados por Betta estaba el de Salli; sentí alivio. Le pedí que dejara la hoja en el suelo y que fuera a por el inalámbrico. Contestó con cierta vacilación:

—Ya he ido.

—¿Y?

—No está en su sitio.

—¿Qué dices?

—Tú no lo has puesto en su sitio.

La ansiedad se desbordó. La culpa era mía, sí, había hablado con Betta a la hora de comer y después quizá me distraje. Qué cabeza la mía, hacía una cosa, pensaba en otra, la vida se escurría. Procuré concentrarme, pero el niño se impacientaba, preguntaba sin cesar golpeando el cristal: Abuelo, ¿qué más tengo que hacer? Ahora, me dije, debo reconstruir mis movimientos. La noche anterior había utilizado el inalámbrico por primera vez. Había llamado Betta y yo había hablado con ella paseándome por la casa. Tras despedirnos, dejé el teléfono en su sitio, o en todo caso en la cocina. De hecho, cuando se produjo la llamada de hoy —Abuelo, ¿qué hago?— ahí fue donde encontré el aparato. Pero luego la conversación con Betta tuvo lugar en el pasillo, lo recordaba a la perfección. Y al final —Va, abuelo— me fui a la sala con Mario. El niño golpeó el cristal con ambas manos para indicarme su impaciencia. Me dio un arrebato, exclamé: ¡Ya basta! Él pestañeó sorprendido, apartó las manos del cristal y las levantó en señal de rendición. Se quedó boquiabierto. Me arrepentí enseguida, solo faltaba que se echara a llorar otra vez o que se enfadara y dejara de colaborar. Le sonreí y dije: Perdona, el abuelo estaba pensando; ya sé dónde está el teléfono, seguramente lo habré dejado en la sala, ve allí despacio, lo encontrarás en la mesa.

Se tranquilizó enseguida, dio unos pasos exageradamente lentos hacia la puerta y se lo tragó el pasillo.

El cielo relampagueó a lo lejos. Tenía que moverme un poco para que se me pasara el frío. Me incorporé, pero no me moví, no me fiaba de aquella losa de piedra proyectada artificialmente sobre el vacío que vibraba por efecto del tráfico de coches y trenes. En realidad, en ese momento no me fiaba de nada, ni del hierro, ni del cemento, ni de todos los edificios de la ciudad. Afloraba otra vez la sensación de precariedad de todas las cosas que Nápoles me había transmitido desde la adolescencia y que a los veinte años había hecho que escapara corriendo. Resucité la aglutinación de construcciones y corrupciones salvajes, de saqueos y latrocinios. Recordé cómo cada instante de la vida en aquella casa, en aquel barrio, había quedado marcado por los dedos de mi padre en las cartas de la baraja, por la necesidad rapaz de «escalofrío» que lo impulsaba a jugarse nuestra propia supervivencia. Había luchado con todas mis fuerzas para separarme de él, de toda la parentela, de la ciudad podrida, y demostrar que yo era distinto. La fuerza me había venido de una supuesta excepcionalidad mía. Y ahora este niño, que a saber qué especies de homínidos llevaba en las venas —este niño que crecería con manos anchas, piernas fuertes, que sería mezquinamente celoso como su padre, falsamente cortés, en una palabra, que estaría muy lejos de lo que yo era—, de repente, ante mis ojos, había hecho un dibujo inesperado y solo por imitarme. Lo había extraído de su interior como un juego, lo había sacado de la profundidad de su carne, de quién sabe qué ácido nucleico, qué fósforo, qué nitrógeno. Y así me había revelado que guardaba dentro de sí la misma fuerza que yo me había atribuido de niño como signo distintivo. De manera que no se trataba solo de un don mío. Es más, como se manifestaba en él y, tal vez, en cualquiera —incluso en el dueño del bar del otro día—, ese don no me definía como yo había creído siempre. Comprendí lo que me había pasado en la sala. El dibujo de Mario había arrancado de mi cuerpo la idea que tenía de mí. Sentí un escalofrío, me arrimé al cristal como si la luz del cuarto pudiera calentarme.

Toc, toc, toc, Mario había regresado. Golpeaba el cristal con el teléfono inalámbrico, lo había encontrado. Muy bien, le dije.

Lo vi muy inquieto, tenía las mejillas coloradas, los ojos entusiasmados.

—¿Y ahora qué, abuelo? —preguntó.

2

Me pareció que las cosas empezaban a pintar bien.

—Ahora pon la hoja contra el cristal —dije.

—¿Por qué?

—Tengo que aprender el número de Salli.

Obedeció. Lo repetí varias veces en voz baja tratando de concentrarme; después, como temía olvidármelo, le canté el número a Mario en voz bien alta y le pedí que me lo dijera. Él lo gritó, feliz de que lo sometiese a aquella prueba.

—Tres tres cinco uno cero dos uno nueve dos cinco.

—Muy bien, otra vez.

—Tres tres cinco uno cero dos uno nueve dos cinco.

—Ahora llamamos.

El niño se sentó en el suelo.

—Siéntate tú también, abuelo.

Con dificultad me senté lo más cerca posible del cristal. Él repitió el número para sus adentros pulsando las teclas.

—Hola, Salli, ¿cómo estás? Yo, bien —chilló tras unos segundos.

Suspiré aliviado, grité a mi vez:

—¡Dile que me he quedado encerrado en el balcón y que tiene que venir enseguida con las llaves!

Pero el niño me ignoró.

—Mamá y papá todavía no han vuelto. Yo estoy con el abuelo, muy bien. Pero ha dado un portazo tan fuerte que me he asustado. Ahora está en el balcón y jugamos a llamar por teléfono. Adiós, Salli. Adiós, adiós.

Apartó el teléfono de la oreja y me miró.

—¿Hago otra llamada?

—¡Salli! —grité por encima de su voz—, no cuelgue, por favor. Estoy en el balcón, me quedé encerrado fuera. Necesito ayuda, Salli.

El niño me miró vacilante, yo debía de tener una expresión horrible.

—Salli no está —dijo.

—No está porque has colgado.

—Yo no he colgado —murmuró.

Lancé un largo suspiro.

—Vuelve a llamarla. ¿Te acuerdas del número?

—Tres tres cinco uno cero dos uno nueve dos cinco.

—Muy bien. Marca otra vez.

Pulsó unas cuantas teclas, pocas para todos aquellos números. Lo hizo deprisa, con seguridad fingida, y una parte de mí empezó a preguntarse débilmente si estaba llamando de veras.

—Mario, por favor, marca otra vez el número y pon mucha atención —dije.

Le tembló el labio inferior.

—¿De veras o jugando?

—De veras. Venga: tres, tres, cinco...

—No sé llamar de veras, abuelo —me interrumpió.

Me quedé callado, no lograba entender.

—¿No sabes los números? —pregunté.

—Solo el uno, el cero y el diez.

—¿Y el mando a distancia? ¿Sabes marcar el número del canal de los dibujos animados y no sabes usar el teléfono?

—Soy pequeño —contestó y me pareció que lo estaba pasando mal.

No había nada que hacer, era de veras pequeño, y sus padres, pese a ser matemáticos, con las palabras no habían escatimado, pero con los números sí. Cuando Mario utilizaba el mando a distancia para poner los canales de dibujos animados recurría a su memoria visual. Pero con el teléfono era incapaz, pulsaba las teclas al azar. Ahora también estaba esforzándose nerviosamente en aparentar desenvoltura. Miré sus dedos saltarines, pensé: Tal vez conteste alguien de todos modos, y me disponía a gritarle: ¡Ya basta, presta atención por si te contestan! En ese momento me di cuenta de que las teclas no emitían sonido alguno, que la pantalla estaba apagada, en fin, que el inalámbrico estaba descargado.

—Por favor, vete ahora mismo a dejar el teléfono en su sitio —le pedí.

Quizá porque el frío me impedía pronunciar las palabras con claridad, quizá porque mi petición no había sido lo bastante contundente, Mario no se movió.

—¿Ya no jugamos más? —preguntó con la vista clavada en el inalámbrico.

—No.

—¿Es porque no sé telefonear de veras?

—No, porque el teléfono no funciona.

—Se puede jugar igual, aunque el teléfono no funcione, papá y yo lo hacemos. Eres tú el que no quiere jugar.

—Mario, déjate de historias, ve a dejar el teléfono en su sitio.

El niño se levantó y dejó el inalámbrico en el suelo.

—Si no funciona, la culpa es tuya, fuiste tú el que no lo puso en su sitio —dijo—. Mamá dice que solo piensas en tus cosas.

—De acuerdo, pero obedece.

—No, me voy a ver los dibujos.

Salió de la habitación, a pesar de que le grité:

—¡Vuelve aquí, Mario, tienes que ayudarme! Ayudarme también es un juego.

Pasó un minuto, pasaron dos, confié en que se hubiese escondido en algún rincón a esperar una nueva llamada que le permitiese hacer las paces. No sucedió. Golpeé el cristal, grité de nuevo pero esta vez con tono persuasivo: ¡Mario, ven, se me ha ocurrido un juego precioso! Y era cierto, quería mandarlo a que buscara mi móvil. Con el móvil todo habría sido más fácil, habría podido indicarle el símbolo de rellamada, luego el nombre de su madre, y una vez que telefoneara a Betta, ella habría podido ponerse en contacto con Salli y enviármela. Como única respuesta la casa resonó con las vocecitas y los vozarrones de los dibujos a todo volumen. Me desgañité —¡Mario, Mario, Mario!—, fue inútil: estaba claro que no quería oírme. Por otra parte, aunque me hubiese oído, aunque hubiese regresado al balcón, ¿dónde había dejado yo el móvil?

Me costó recordarlo y cuando lo conseguí me deprimí todavía más. El móvil estaba justo delante de mí, a pocos metros tras los cristales dobles. Lo había dejado en el anaquel más alto de la estantería, entre los juguetes que habían pertenecido a

Betta de adolescente, y lo había dejado allí para impedir que Mario pudiera quitármelo. De hecho, nunca conseguiría alcanzarlo, ni siquiera subiéndose a una silla. Y aunque lo hubiese conseguido, no nos habría servido de nada. Recordé en ese mismo instante que llevaba al menos tres días sin recargarlo, seguramente el móvil estaría tan descargado como el inalámbrico.

Qué estúpida imprevisión, solo me fijaba en lo que no era esencial. Me quedé agazapado contra el cristal, me daba miedo hasta ponerme de pie. Era como quienes detestan volar y se pasan todo el tiempo sin ir al baño, sin siquiera cruzarse de piernas por el temor a que, por el mero hecho de abandonar su asiento, el avión se desequilibre, se balancee, se ponga boca abajo, se precipite y se estrelle. Por otra parte, algo tenía que inventarme, gritar, intentar —no sé— llamar la atención de los vecinos, de los transeúntes. Pero ¿cómo? Me encontraba en el sexto piso, alejado respecto de la calle, vencido por el ruido. Sin contar con que, si nadie reparaba en las voces altísimas de los dibujos animados, ¿quién iba a hacer caso de mis gritos entrecortados por el frío? Suspiré, estaba poniendo excusas y lo sabía. Lo que de verdad me impedía afanarme y pedir ayuda a gritos era la vergüenza. Yo había querido ser más que aquel espacio donde me había criado, había buscado la aceptación del mundo. Y ahora que me encontraba en el final y hacía balance, no soportaba que se me viera como un hombrecito histérico que pide socorro desde el balcón de la vieja casa donde transcurrió su niñez, aquella de la que había escapado lleno de ambiciones. Me daba vergüenza haberme quedado encerrado fuera, me daba vergüenza no haber sabido evitarlo, me daba vergüenza mostrarme despojado de mi superioridad controlada que siempre me había impedido pedir ayuda a nadie, me daba vergüenza ser un viejo cautivo de un niño.

El niño, sí: ¿quién me aseguraba que de veras estuviera sentado en un sillón delante de la tele? Tal vez andaba dando vueltas por la casa, presa de todas las palabras que sus padres le habían inoculado con imprudencia. Podía encender el gas. Podía quemar algo o quemarse. Podía abrir los grifos e inundarlo todo. Podía ahogarse en la bañera o cortarse con las cuchillas de afeitar de su padre. Podía encaramarse a los muebles, volcarlos y quedar aplastado debajo. Mi imaginación empezó a multiplicar los peligros y cuanto más aumentaba mi angustia por la suerte de Mario, tanto más él —por efecto de una desviación absurda— parecía mi enemigo, un enemigo ya adulto y poderoso. Me acordé de la mirada que me había lanzado cuando me dijo: Me voy a ver los dibujos. Yo nunca había tenido aquella fuerza suya, la fuerza de decir: O haces lo que te digo o peor para ti. Por lo que recordaba, fui un niño introvertido. Claro, muchas veces había anidado malos y oscuros sentimientos, pero para expresarlos siempre había enfilado caminos oblicuos. Mario, en cambio, poseía los cromosomas de quien se enfrenta a cuantos se le oponen y sale ganando. O a lo mejor yo exageraba y no era más que un niño corriente que hacía cosas de niño. El problema era yo, que había dilapidado toda mi vitalidad y ahora me exasperaba el mero hecho de notar la energía en aquel cuerpo minúsculo. Pero si hasta ha conseguido restar valor a mis capacidades artísticas, pensé. Me había demostrado que podía aprender de mí, en poco tiempo, todas aquellas cositas que yo sabía hacer. Me había demostrado que era capaz de hacerlas mejor que yo, ya, ahora mismo, a los cuatro años. Y lo hacía para que yo intuyera qué sería capaz de hacer en el futuro, ya de adulto, cuando —en el caso de que siguiera mi mismo camino reajustando sus otras mil posibilidades de animalillo feroz— me borrara con su virtuosismo, borrara todo recuerdo de mis obras, me redujera a un mero pariente con una tenue vocación creativa, a un grumo de tiempo mediocremente empleado.

Decidí incorporarme otra vez, debía encontrar una solución. Eché un vistazo cauteloso hacia abajo agarrándome con fuerza de la barandilla. Ahora había alguna luz encendida. No veía bien, pero tuve la impresión de que el primer piso estaba iluminado, el resplandor se difundía en la oscuridad del patio. Tal vez, pensé, puedo contar con la animadversión de la madre de Attilio. Planeé provocarla bajando el cubo con los juguetes, me propuse molestarla a ella y a su marido haciendo oscilar el recipiente delante de su puertaventana. Lo hice sintiéndome estúpido, un setentón que juega como un niño. Comprobé que el cubo colgara a la altura del primer piso, me convencí a ojo de que así era. Con la mano izquierda me aferré a la barandilla, con la derecha imprimí a la cuerda un movimiento oscilatorio con la esperanza de que en el charco de luz asomara alguien y se pusiera a despotricar. Nada. Desolado, dejé que el cubo colgara un rato, el corazón me latía en la cabeza. Después, sin dejar de agarrarme con la izquierda, tironeé un poco la cuerda y la solté, así varias veces. Nada, nada. Entonces, en un santiamén, icé el cubo con rabia, no pesaba nada. Quería lanzar hacia abajo los juguetes, tratar de golpear el balcón. Pero cuando tuve el cubo al alcance de la mano, descubrí que estaba vacío.

3

Aquello me puso contento, en esos escasos minutos alguien se había quedado con los juguetes. ¿Había sido Attilio? ¿Su madre? ¿Su padre? Fuera quien fuese, se habría desencadenado una reacción. La mujer, sobre todo, se sentiría insultada y subiría corriendo a tocar el timbre con rabia. Ah, bendita la rabia. Ahora simplemente había que encontrar la manera de incitar a Mario a que apagase el televisor o al menos a que bajara el volumen, corríamos el riesgo de que ni yo ni él oyéramos el timbre.

Volví a la puertaventana con el cubo aún en la mano. Empecé a golpear con la mano libre gritando: ¡Mario, ven con el abuelo, tengo que decirte una cosa muy bonita! Me latían las sienes, me dolía la garganta, me estaba congelando. Casi sin querer acabé cambiando el tono: Mario, ¿qué estás haciendo? No me hagas enfadar, ven aquí ahora mismo. Y mientras chillaba cada vez más descontrolado, quizá por el esfuerzo, quizá a causa de la hemoglobina y la ferritina, surgió ante mí, detrás de los cristales dobles, un espectáculo repugnante. La pared de enfrente, a la que estaba arrimada mi cama, era un pedazo enorme de tocino entreverado de vetas de magro rojizo, y por la grasa asomaban incontables caras malvadas.

Cerré los ojos, los abrí. El tocino seguía allí, repleto de pequeños rostros vivos; sentí una fuerte náusea. Aterrado, intenté apartar aquella alucinación con otras imágenes; solo lo conseguí sustituyéndola por una que, de inmediato, me pareció más amenazante. Vi la puerta de entrada a la que Mario correría si alguno de los inquilinos del primer piso subía a tocar el timbre. Fue una visión hiperrealista, evoqué las dos hojas marrones de la puerta, el hierro oscuro del blindaje, el picaporte, el pomo del pasador. Y me di cuenta de que, aunque hubiese subido toda la familia: el padre, la madre, Attilio, sus hermanos; aunque yo hubiese logrado comunicarme con Mario y mandarlo a abrirla, el niño jamás habría podido, porque yo mismo la había cerrado por dentro para impedir que él volviera a bajar a casa de su amigo. Mario solo podía alcanzar el pomo de latón del pasador usando la escalera. Pero no habría conseguido transportarla desde el trastero, abrirla, colocarla correctamente. Y aunque lo hubiese conseguido, ¿de qué habría servido? Las manos del niño no habrían tenido fuerza para girar el pomo y darle las dos vueltas necesarias para abrir.

Pasó un instante interminable. Estoy harto, pensé, tengo frío, está a punto de llover, no quiero morir en este balconcito que detesto, ahora lo rompo todo. Y como no se me ocurrió ninguna contraindicación, agarré el cubo con la mano derecha y haciendo acopio de las pocas fuerzas que me quedaban, aporreé el cristal. Esperaba que se hiciera añicos, procuré mantenerme a cierta distancia para no lastimarme. Pero el cubo produjo un sonido como de pelota de goma contra un obstáculo y rebotó sin causar daños. Perdí entonces toda sensatez y me puse a dar golpes enfurecidos, uno tras otro, acompañados de gritos que a mí mismo me parecían desgarros de la garganta. Como al cristal no le pasaba nada, abandoné extenuado, me dolía la muñeca, me la froté. Me disponía a pasar a las patadas, pero al acordarme de que llevaba pantuflas, de que me habría roto los huesos sin mellar siquiera la puertaventana, desistí.

Qué frágil me había vuelto. Si en otros tiempos creía en cada uno de mis gestos, si pensaba que un solo trazo bien concebido del lápiz habría podido partir en dos una montaña, ahora, hasta los cristales eran demasiado para mí. Me vi reflejado con el cubo en la mano, las piernas separadas, inclinado hacia delante, la cara con cavernas profundas debajo de los arcos superciliares, la curva amplia de los pómulos sobre las mejillas enjutas. Así, al viento, aplastado por la negrura del cielo, los nervios heridos por el clamor de la calle, aterido, de repente me encontré cómico. He ahí un hombre de setenta y cinco años, maltrecho, desgreñado, con el pantalón caído: debería cuidar de un niño y, sin embargo, es incapaz de cuidar de sí mismo. Me vino a la cabeza la idea de Mario de recoger el vacío con el cubo y me dio risa. Tal vez esa era de veras la única manera de salir de aquella situación: bajar el cubo una, dos, tres mil veces, anular el abismo, subirse a la barandilla e ir a pedir ayuda. Había que trabajar con paciencia, con diligencia, cubos y más cubos llenos de la vacuidad que había aterrado a mi madre, que ahora me asustaba a mí. De ese modo, el balcón no habría sido más que una lasca de piedra sujeta entre los cristales dobles del apartamento, las vidrieras de la estación, los parabrisas de los coches y las casas de enfrente, sólidamente incrustado en un todo bien montado. El niño tenía ojo. ¿Qué era, en qué se convertiría al crecer? Cuando yo era niño, me había sentido orgullosamente el crisol de las más variadas expectativas de mi madre. Ella no cabía en sí de satisfacción cuando el maestro le decía: Este niño es algo fuera de lo común, de mayor hará grandes cosas. Regresaba a casa fortalecida por las palabras autorizadas del colegio. Se fiaba. En la familia no había recuerdo de que nadie hubiese hecho grandes cosas. Ni siquiera entre los amigos, conocidos y vecinos del barrio. Quienes hacían grandes cosas eran figuras raras, no se daban, no podías hablar con ellas, no podías tocarlas. Yo era el único fuera de lo común, se lo había asegurado el maestro. Y ella se lo contaba a mi padre, a quien fuera, algo que me causaba una alegría inmensa. Aquella frase me colmaba hasta los ojos, me colmó toda la vida, a pesar de mis muchas dudas. ¿Qué eran en realidad las grandes cosas? ¿Qué las distinguía de las pequeñas? ¿Dónde estaba la autoridad que establecía si mis cosas eran grandes o pequeñas? Por otra parte, con los años la competencia aumentó enormemente. Mientras unos pocos aspirábamos a grandes cosas, creer en nuestra naturaleza extraordinaria había sido un acto de fe muy privado. Sentirnos únicos nos había resultado fácil, y dar prueba de ello, bueno, había bastado con algún pequeño éxito, un poco de presunción, la exhibición de síntomas de depresión o locura que encajaban bien con los lugares comunes sobre el talento. Con el tiempo, sin embargo, la excepcionalidad se fue propagando. Desde hacía cuarenta años los excepcionales habían comenzado a empujar, en gran número, contra las puertas estrechas de las fábricas de arte y cultura. Hasta tal punto que ahora —me lo repetía a menudo, rezongando en la soledad de mi casa de Milán— la excepcionalidad se ha convertido en un griterío desesperado de las masas por las infinitas rutas de las televisiones e internet, una excelencia difusa, mal pagada, con frecuencia desocupada. Así reflexionaba desde hacía unos años, de modo confuso, y aquellos pensamientos me deprimían a ratos. ¿Qué había sido yo en realidad? ¿Había formado parte simplemente de la vanguardia que había abierto el camino a la multitud de creativos de hoy? ¿Había estado entre aquellos que, sin abolengo, hacía más de medio siglo, habían dado el pistoletazo de salida a una ilusión de grandeza cada vez más masiva? Pensándolo bien, me había hecho viejo convencido de que, para salir de dudas, tarde o temprano se produciría algún acontecimiento formidable capaz de definirme con suma nitidez. El accidente que esperaba desde siempre era que una de mis obras indiscutiblemente grande irrumpiera en el mundo y probara que lo mío no era presunción. Ahora, el acontecimiento clarificador había llegado y, además, en la ciudad de mis orígenes. No se trataba de una obra, se trataba de aquel ridículo cautiverio en el balcón de los primeros años de mi adolescencia. Lo había causado un niño petulante, Mario, cuando quiso jugar al artista con su abuelo y, jugando me había arrancado del cuerpo, en un santiamén, la superioridad provocada por los elogios ya muy lejanos de maestros y profesores, y jugando me había encerrado fuera. Allí, expuesto al viento helado y a la amenaza de lluvia, la verdad se me hizo al fin evidente. Mi cuerpo no se había vaciado de energías solo en los últimos meses a causa de la operación quirúrgica. Mi cuerpo siempre había estado vacío, desde la adolescencia, desde la infancia, desde el nacimiento. Había cometido un error conmigo mismo, gracias a mi terquedad me había convertido en algo para lo que no era adecuado. Había trabajado duro, sin duda, y tenido suerte. A los elogios de la infancia se habían sumado una discreta aceptación y un éxito notable. Pero no había caso, yo carecía de virtudes, estaba vacío. El precipicio no se encontraba al otro lado de la barandilla, el precipicio estaba en mí. Y eso no conseguía soportarlo. Me habría metido el cubo dentro de la boca con tal de sacarme el vacío de dentro.

Me toqué la frente: gotas de lluvia. Con rabia lancé el cubo por la barandilla, me abalancé contra la puerta, choqué contra ella. ¡Mario!, llamé con toda mi voz, y, para mi sorpresa, la noté resonar tan fuerte que me paralicé, agucé el oído. Las músicas, las vocecitas y los gritos groseros de los dibujos animados habían cesado. El niño debía de haber apagado al fin el televisor.

4

Esperé con el alma en vilo. Mario apareció con cara de contento, en los ojos llevaba aún quién sabe qué personaje de los dibujos animados.

—Abuelo —dijo divertido—, él lo seguía y chocó contra un árbol.

No le pregunté quién era «él», tenía demasiado miedo de que se pusiera a explicármelo.

—¿Te ha hecho reír?

—Sí.

—Bien. ¿Y ahora harías algo por mí?

—Enseguida.

—¿Puedes tratar de mover el picaporte como hace tu padre cuando la puerta se bloquea?

—Tengo que traer una silla.

—No hace falta, puedes hacerlo sin silla.

—Pero para hacerlo bien tengo que ser alto como papá.

No esperó que le diera permiso, se acercó a una de las sillas del cuarto y la arrastró hasta la puertaventana.

—Ten cuidado.

Se encaramó a la silla mientras yo me decía acongojado: Si acaba cayéndose y se hace daño, ¿qué hago? Pero no se cayó. De pie en la silla, aferró el picaporte.

—Tienes que hacer fuerza.

—Ya lo sé.

Con los labios apretados, los ojos atentos, movió el picaporte hacia arriba y hacia abajo, después gritó entusiasmado: ¡Ya está! Empujé con cuidado la puerta. No había hecho nada, seguía cerrada.

—Bien. ¿Quieres probar otra vez?

—He abierto.

—Mario, no es un juego, prueba otra vez. La puerta tiene que abrirse de verdad.

Evitó mi mirada, clavó la vista en el suelo.

—Tengo hambre.

—¿Me haces el favor de probar otra vez?

—Tengo hambre, abuelo.

Y llegó la lluvia, la noté helada en las orejas, en el cuello.
—Si quieres comer, tienes que dejarme entrar en casa —dije—. Prueba otra vez.
—Ni siquiera he merendado —lloriqueó—, se lo diré a mamá.
—El picaporte, Mario.
—No —se enojó—, tengo hambre.
Y sin más, saltó de la silla y a mí el corazón me latió en la garganta.
—¿Estás bien? —pregunté.
Se puso de pie.
—Sé saltar mejor que todos los de mi guardería.
Quién sabe cuántas cosas consideraba que sabía hacer mejor que todos. Y quién sabe cuánto tardaría en disminuir el número de aquellas plusmarcas, en reducirlas a una o dos, en concluir que no destacaba de veras en nada.
—¿Seguro que no te has hecho nada? —pregunté—. ¿Por qué te frotas el tobillo?
—Me duele un poquito aquí. Voy a buscar algo para comer y así se me pasa.
—Mario —lo llamé mientras él, fingiendo un renqueo, se disponía a alejarse de nuevo—, espera, yo también tengo hambre.
—Te traigo un poco de pan.
—¡Ni se te ocurra cortar el pan con cuchillo! —grité cuando ya había enfilado el pasillo.
Pero ¿era suficiente esa única prohibición? ¿Cuántas cosas más debería prohibirle? Prepararse una tostada. Hacerse una tortilla. Usar el microondas para descongelar los platos de Salli. Y muchas, muchas más. Tenía todo el apartamento a su disposición para dar verosimilitud a la representación del homúncu-

lo omnisciente. Saverio le había enseñado a hacer demasiadas cosas inadecuadas para sus cuatro años y él se protegía con el juego. Solo podía convencerse de que sabía hacerlo todo porque jugar le permitía ocultarse los fracasos. Qué hábil era imitando aptitudes, con qué desenvoltura sabía atribuírselas. Recordé la época lejana en que a los niños se les hablaba con una jerga de niños. Era una lengua loca, pero marcaba distancias, todavía no existía este afán por meter a los pequeños dentro de las verbalizaciones de los mayores para después vanagloriarse de su gran inteligencia. Mi mujer y yo éramos de aquellos que, en nuestra generación, desecharon palabras como «pupa». A los tres años Betta hablaba como un libro impreso, quizá aún más que su hijo. Qué orgullosos nos sentíamos, la exhibíamos interrogándola como se interroga a un loro. ¿El resultado? Una infancia sobredimensionada, seguida de la insatisfacción de nunca poder dar cuanto se sentía consagrada a dar. Quizá por eso le decía a Mario: Te hago chas chas en las manitas.

Para ser sincero, en ese momento, yo también le habría hecho chas chas de buena gana. Me disponía a lanzar al niño otro grito —mientras me cubría el pelo con una mano, la humedad repercutiría en la audición, tendría dolor de cabeza, dolor de oídos, dolor de garganta, fiebre—, cuando me pareció oír un timbrazo. Esperé conteniendo la respiración. ¿Los del primer piso habían encontrado los juguetes y la madre de Attilio había decidido realizar una expedición punitiva? Me concentré, traté de abstraerme del ruido del tráfico. Sí, se oía otro timbrazo inequívoco. Golpeé el cristal, ¡Mario, Mario, Mario! Esta vez el niño llegó corriendo:

—El timbre, abuelo, es mamá.

—No es mamá. Por favor, ¿puedes prestar atención a lo que te digo?

—Es mamá, voy a abrir.

—No puedes abrir, Mario, escúchame. Ahora te vas corriendo a la puerta y lo más fuerte que puedas, dices: Mi abuelo se ha quedado encerrado en el balcón, llamen a alguien. Repítelo.

Mario negó con la cabeza.

—Yo sé abrir muy bien, es mamá.

Esforzándome por mantener un tono calmado dije:

—Mario, te aseguro que no es mamá y que no estás en condiciones de abrir, está puesto el pasador. Ve a la puerta y repite lo que te digo ahora: Mi abuelo se ha quedado encerrado en el balcón, llamen a alguien.

Un nuevo timbrazo nerviosísimo. Mario no lo pudo resistir, gritó: Voy, y salió corriendo.

Me quedé esperando, la lluvia comenzó a arreciar. Por más que aguzara el oído, oía poco a causa del tráfico. Me imaginé que, pese a todo, el niño habría intentado abrir. Me imaginé que habría arrastrado una silla hasta la puerta para tratar de alcanzar el pomo de latón. Era un animal testarudo, dudaba de que dijera enseguida la frase que le había pedido que dijera. Pero confiaba en que, domesticado como estaba, al final lo habría hecho por el puro placer de pronunciarla. Presté atención al menor sonido y a pesar de un trueno, me llegó otro timbrazo. Quien estuviese esperando en el rellano, se habría dado cuenta de que Mario estaba detrás de la puerta, y yo descartaba que el niño se quedara callado. Tal vez no diría exactamente lo que le había recomendado que dijese, pero seguro que algo gritaría. Contaba con ello, mientras tanto, la angustia me devoraba. No se oyeron más timbrazos. ¿Los del primer piso habrían desistido o se había entablado un diálogo?

Mario reapareció en el cuarto.

—No era mamá —dijo.

—¿Quién era?

—Abrí y no había nadie.

—Di la verdad, Mario, ¿has abierto de veras?

Miraba el suelo, no estaba contento.

—Voy a comer.

—Espera, dime una cosa. ¿Has abierto de veras o estás jugando?

—Me duele mucho la barriga, abuelo, ahora tengo mucha, pero mucha hambre.

—¿Te acuerdas de lo que tenías que decir? ¿El abuelo está en el balcón, no puede entrar? ¿Lo has dicho?

—Uf, no quiero jugar más, tengo hambre.

5

Se fue abatido. En qué lío me había metido, estaba harto de todo, en especial del niño. Por su culpa me encontraba bajo la lluvia, que ahora era intensa. Me puse de espaldas a la habitación, odiaba aquel apartamento, intenté arrimar la espalda al cristal lo más posible para no mojarme. El agua llegaba con el viento, ráfagas ululantes como en las novelas góticas, y alrededor de mi sombra proyectada en el balcón las gotas dibujaban un bordado móvil y centelleante. No, no había manera de cubrirse. La lluvia me embistió con fuerza, me empapó los pantalones, las pantuflas, el jersey. De la cornisa caían cascadas bulliciosas, el cielo relampagueaba sin cesar y seguían unos truenos interminables. Desde la calle, enseguida inundada, subían conciertos inútiles de alarmas antirrobo. Tuve la sensación de que sobre todo la oscuridad del patio, de la plaza era la que tragaba la mayor cantidad de agua. De aquellas tinieblas subía un torbellino gélido como si el balcón iluminado fuese un puente y debajo de él fluyese un torrente turbulento.

Aquello me espantó, me volví para mirar el cuarto y comprobar si Mario regresaba. ¿Se había caído de la silla tras intentar girar el pomo, por eso estaba tan malhumorado? ¿Había regresado a la cocina olvidándose de mí, enfrascado en su necesidad de comer? ¿Y qué estaría haciendo en la cocina? ¿Y si se cortaba la luz en el barrio, y todo el edificio se quedaba a oscuras, y el niño hubiese tenido que arreglárselas solo y yo todavía más solo, bajo la lluvia? Me castañeteaban los dientes sin control, tenía la sensación de que ya no sabía respirar. El agua me chorreaba del pelo, me bajaba por los ojos, el cuello, las orejas, y me dolía el corazón anegado por la angustia. Empezaron a atormentarme las imágenes que yo mismo había inventado en esos días: la vieja casa se colaba en la casa de hoy; los esbozos brotaban del papel formando una ola con mis antiguas posibilidades y probabilidades; los fantasmas rompían todas las barreras —muchos yos, abortados o de vida breve— y pululaban por el apartamento buscándome. Qué resultado estúpido. Enseguida aparecieron el dolor de cuello, de nuca, y una sensación de vértigo, la náusea. Con la náusea regresó el enorme pedazo de tocino veteado, repulsiva materia primigenia. Pero de él ya no se proyectaban caritas que trataban de liberarse. Enterrado en el tocino estaba ahora Mario, su figura hecha un ovillo, dispuesta a derramarse y desprenderse reluciente de grasa. De nada servía cerrar los ojos, de nada servía abrirlos, la figura no se iba. Mira, pensé, eso mismo debería dibujar. El fantasma que busco es Mario, lo he tenido siempre delante de los ojos, desde que llegué. Su materia viva contiene en sí todo lo posible: aquello que se ha manifestado a través de la larga cadena de apareamientos y partos que lo precedieron, aquello que se ha deshecho y perdido con la muerte, aquello que desde hace un millón de años espera para manifestarse y ahora se retuerce, se agita, se asoma, exige un presente en el futuro, quiere ser dibujado, pintado, fotografiado, filmado, descargado, transmitido, contado, reconsiderado. Qué fantasma asombroso era el niño, tan pequeño y tan listo. No lo soportaba, ya no soportaba nada. Notaba en mi espalda las ráfagas violentísimas de lluvia. El hálito frío del agua, imaginaba, debía de haber alcanzado el balconcito transformándolo en una balsa resplandeciente sobre la mugre de la ciudad licuada. Hasta que retumbó un trueno realmente fuerte, toda Nápoles vibró. Mario entró corriendo en el cuarto, llevaba un trozo de pan en cada mano, gritó:

—¡Abuelo, tengo miedo!

Debo entretenerlo aquí, debo mimarlo, solo me queda él.

—No hay nada de qué tener miedo —dije esforzándome por no tiritar de frío—, el trueno es ruido, como las bocinas, ¿las oyes?

—Estás todo mojado.

—Llueve.

—Yo también quiero mojarme.

—En cuanto abras la puerta.

—La abro cuando me haya comido el pan.

—De acuerdo.

Se encaramó otra vez a la silla impulsándose con el pecho y los codos, se puso de pie, le dio un mordisco ávido a uno de los trozos de pan y me tendió el otro.

—Este es para ti —dijo—, come.

Lo apoyó contra el cristal, yo abrí la boca, le hinqué el diente al aire.

—Rico, pero qué rico, gracias —masuellé.

—¿Por qué hablas así?

—Porque tengo mucho frío. ¿Oyes el viento, ves cómo llueve?

El niño me miró con suma atención.

—¿Te encuentras mal?

—Un poco, estoy viejo. El frío y la lluvia pueden hacerme enfermar.

—¿Y morir?

—Sí.

—¿Cuándo te vas a morir?

—Pronto.

—Mi padre dice que cuando se mueren las personas malas no hay que lamentarlo.

—Yo no soy malo, soy distraído.

—Aunque seas distraído, cuando te mueras voy a llorar.

—No, tu padre te ha dicho que no debes lamentarlo.

—Yo voy a llorar igual.

Mientras tanto devoró su pan, pero sin olvidarse nunca de invitarme a comer del mío. Solo cuando terminó, me decidí. Le dije: Mario, tú eres un niño extraordinario, así que trata de entenderme. Hasta ahora nos hemos divertido. Has jugado a gastarme la broma de encerrarme aquí fuera, hemos llamado por teléfono, hemos comido. Pero ahora el juego ha terminado. El abuelo se siente muy, pero muy débil. Tengo muchísimo frío, si no entro en calor enseguida, no me voy a morir en broma, me voy a morir en serio. Fíjate cómo llueve, ¿has visto el relámpago, has oído el trueno? Cae tanta agua que se está formando un mar alto hasta el balcón. Tengo miedo. Veo cosas horribles, oigo cosas horribles, tengo ganas de llorar. En este momento yo ya no soy el grande, me he vuelto más pequeño que tú. Es más, tengo que decirte la verdad: ahora tú eres el grande, solo tú. Eres más fuerte, eres más listo, tienes que salvarme. Cómete también mi trozo de pan, para tener más fuerza todavía. Y después trata de acordarte bien de cómo se desbloquea la puerta, tienes que repetir todos los movimientos de tu padre. Puedes hacerlo, sabes hacerlo, a tu edad lo puedes todo, lo sabes todo. ¿Me estás escuchando, Mario? ¿Te das cuenta del lío en que me has metido? ¿Te das cuenta de que, si me muero aquí fuera, la culpa será tuya, y verás lo que te pasará cuando vuelva tu madre? Anda, date prisa, ya no jugamos más. Concéntrate y mueve como es debido este picaporte de mierda.

Había empezado con el tono correcto. Me había lanzado con la intención de hacer un último intento, quería transmitirle al niño una idea de realidad, de responsabilidad, de compromiso total. Pero sin proponérmelo yo mismo había olvidado casi por completo aquellos sentimientos, mi voz afectuosa se había ido haciendo más agresiva. De modo que hacia el final no aguanté, me dejé llevar por el pánico y la furia. ¿Me estás escuchando, Mario? ¿Te das cuenta del lío en el que me has metido? ¿Te das cuenta de que, si me muero aquí fuera, la culpa será tuya, y ya verás lo que te va a pasar cuando vuelva tu madre? Anda, date prisa, ya no jugamos más. Concéntrate y mueve como es debido este picaporte de mierda. A partir de ese instante algo se rompió, afloró toda la aversión que había sentido por él desde el día de mi llegada, desde el momento en que me había dicho que las ilustraciones eran oscuras. Grité en dialecto, aporreé el cristal, olvidando esta vez que podía empeorar la situación lastimándome y lastimándolo.

¿Por qué llegué a ese punto? No lo sé. Sin duda, al golpear el cristal quería golpearlo a él, pero no tanto a aquel niño decidido, de pie en la silla —no, desde luego que no—, sino a la forma hecha de tocino que me alucinaba, al concentrado de fuerza vaga que ahora veía en él, a toda la repugnante materia viviente que estalla sin cesar en caras como bubones, que se hace lenguaje, que plasma y vuelve a plasmar todas y cada una de las cosas, que corta y pega siempre engañándose, siempre desengañada. Cuando asesté el último golpe, debí de parecer la más aterradora de las sombras infernales que acudía a beber sangre fresca. Mario, que ya tenía los ojos llenos de lágrimas, se estremeció, retrocedió y cayó de la silla.

6

El miedo por lo que podía haberle pasado al niño cortó de golpe toda reacción por mi parte. Renuncié a romper el cristal doble con mis propias manos, me quedé con la diestra en alto, azotada por la lluvia. ¿Dónde estaba Mario, se había hecho daño? El agua me cegaba, solo oía sus gritos. Mario, llamé, ¿te has hecho daño? No llores, contesta.

Estaba en el suelo, junto a la silla. Yacía de espaldas, agitaba los brazos, pataleaba y lloraba como lloran los niños desolados, sin freno, lanzando berridos de desesperación. Era pequeño, estaba expuesto a todo. En aquellos días nunca lo había visto tan indefenso, sin palabras, sin miradas de sabelotodo. Cada uno de sus movimientos estaba descontrolado y su llanto no apuntaba a conseguir algo o a protestar por alguna cosa, era un llanto de desconcierto, de hundimiento, un tipo de llanto tras el cual ocultaba a saber desde cuándo su «déjame a mí, ya lo sé hacer yo» con el que había buscado la aprobación de un abuelo incomprensible que le demostraba sin cesar su enemistad.

—Mario, escúchame, ven aquí.

—¡No! —chilló con más fuerza, ahuyentando mi voz con golpes frenéticos al aire. Lloró y lloró, me asustó, se sacudía de tal modo que parecía presa de convulsiones. Después, poco a poco, se fue calmando, se le fue pasando la desesperación.

—Levántate, vamos a ver qué te has hecho —dije.
—No.
—¿Te has golpeado la cabeza?
—No.
—¿Te duele algo?
—Sí.
—Dónde.
—No lo sé.
—Ven aquí, te doy un beso donde te duele.
—No, tú me has hecho caer.
—No lo he hecho a propósito.
—Se lo voy a contar a mamá.
—De acuerdo, pero deja que te dé un besito, los besos curan.
—Los besos no sirven, hacen falta pomadas.
—Los besos sirven. ¿Qué te apuestas?

Se levantó, muy colorado, con la cara chorreando lágrimas y mocos, los labios brillantes de saliva, sacudido por sollozos más leves. Tuve la sensación de que a cada paso arrastraba jirones del cuarto, filamentos blancuzcos de la pared grasienta, proteínas y encimas. Sentí que en aquel monigote vivo había también, también, algo que en los últimos setenta años me había parecido solo mío y que, sin embargo, llegaba de muy lejos. Había viajado de un segmento de carne-huesos-nervios-tiempo a otro de composición similar, en medio de violentas frenadas y arranques, apareciendo y desapareciendo. Quién sabe cuántos, asombrados consigo mismos, habían trazado signos ambiciosos en el agua o el polvo, y por la noche habían unido fulgores de estrellas, esbozado animadas aventuras a lo largo de las líneas casuales de las rocas, recorriendo los pliegues de cortezas de árbol, o incluso brujuleando cartas con dedos que plasmaban la suerte, fuera mala o buena. Los fantasmas anidan en el futuro. Ahora Mario, su duendecillo invencible, se tocaba la rodilla derecha, lo hacía con insistencia, estaba escenificando el daño que le había hecho. Acercó la rodilla al cristal, me incliné para besársela y como todavía no estaba a la misma altura de la piernecita dolorida, me arrodillé en el agua, me doblé, besé la puertaventana mojándome los labios en los regueros de lluvia helada que resbalaban por ella.

—¿Qué tal? —pregunté.
—Un poco mejor.
—¿Ves cómo el besito sirve?
—Sí.
—¿Quién es el nietecito del abuelo?
—Yo.
—Mueve la pierna, déjame ver si te duele.
La movió con entusiasmo.
—Ya no me duele.
—Entonces siéntate que te voy a contar un cuento.
—No, estás tiritando de frío. Te voy a dar un beso para que se te pase.
Se lo dio al cristal.
—¿Te sientes mejor?
—Mucho mejor.
—Ahora voy a buscar el destornillador y te abro la puerta.
Me aterró que se alejara de nuevo, dije con voz realmente suplicante:
—Quédate y me haces compañía.
—Vuelvo enseguida.
—Por favor, no hagas nada peligroso. Ven, juguemos con tus juguetes, el abuelo no quiere quedarse solo.

Imposible, se impacientaba, no hubo manera de retenerlo. Había regresado enseguida al mundo que más le gustaba, aquel donde todo le salía bien. Intenté encontrar fuerzas para ponerme de pie. La lluvia empezaba a remitir, pronto habría parado. En menudo estado me encontraba: empapado del pelo a las pantuflas, expuesto al viento que seguía soplando. El desastre me pareció tan excesivo que acabó gustándome. En los últimos minutos había pasado algo que me llegaba al cerebro solo entonces y que, para mi sorpresa, me estaba calmando. Sin darme cuenta debí de haber cruzado una frontera y ahora ya no lograba preocuparme por mí. La vida, toda mi vida, se escurrió a un costado, quedó a mi espalda, sin pesares. No iba a ilustrar el cuento de Henry James, era demasiado para mis habilidades, además, ya no me quedaban energías para seguir intentándolo. Lo que sabía hacer yo era limitado, de nada valía tratar de conseguir algo más. El dibujo de Mario, en cambio, ese sí que tenía algo más. Buen trazo, quién sabe si llegaría a fructificar. Además, qué obsesión con lo de dar frutos. Le había otorgado excesiva importancia desde mi adolescencia, sin embargo —ahora lo veía claro—, no era más que trazar líneas, colorear, en definitiva, un pasatiempo placentero. Habría podido dedicarme a cosas más reales; al principio, estímulos no me faltaron: cambiar, arreglar, aliviar, y enseñar a cambiar, ajustar, aliviar. Sin embargo, me había dedicado a jugar hasta llegar a viejo para engañar el tiempo. Había querido mantener alejado el horror que se desplegaba por la casa, por las calles, por la faz de la tierra, infiltrándose en todo aquello que, alrededor, parecía apacible, devoto, sagrado, y, por el contrario, se estiraba, se desgarraba, se astillaba y sufría. Menos mal que Mario ya estaba volviendo. Se anunció desde el pasillo con un chirrido metálico, y luego apareció empujando por todo el cuarto, hasta la puertaventana, una caja de hierro. Estaba morado por el esfuerzo, seguramente una vez más había corrido peligro de hacerse daño para desplazar aquel objeto pesado. Le dije que si lo que necesitaba era el destornillador, no hacía falta que trajera la caja de herramientas entera. Papá lo hace así, contestó, y se sentó en el suelo, abrió la caja con destreza, sacó un destornillador de mango amarillo.

—No te subas a la silla —le pedí.

—No me voy a subir, tengo que meter el destornillador en un agujerito de aquí abajo.

—De acuerdo, juega, pero no rayes la puerta, que es nueva.

—No estoy jugando, abuelo, lo hago de veras.

—Me alegro por ti. Es bonito jugar a hacer las cosas de veras.

Se quedó sentado en el suelo, pero se arrastró sobre el trasero hasta la puerta. Yo seguí de pie sin quitarle los ojos de encima, aunque solo fuera para agarrarme a algo claro y seguro. En realidad, un poco por la posición, un poco porque tenía las gafas mojadas, un poco porque la puertaventana estaba medio empañada, un poco porque notaba que las fuerzas estaban a punto de abandonarme definitivamente, no veía nada y solo esperaba, aunque sin ansiedad, que Mario no se hiciera daño con el destornillador.

—¿Has dicho abracadabra?

—Papá no lo dice.

—Si dices abracadabra va mejor.

—Abracadabra.

—¿Y?

Dejó la herramienta en el suelo, luego dijo serio:

—Ya está.

—Muy bien —murmuré y pensé que vivimos toda la vida como si nuestro continuo medir y medirnos nos remitiera a una verdad irrefutable; después, en la vejez, nos damos cuenta de que no son más que convenciones, todas sustituibles en cualquier momento por otras, y lo esencial es confiar en aquellas que, caso por caso, nos parecen más tranquilizadoras. Mi nieto se levantó, tenía un aire muy satisfecho. Guardó el destornillador en la caja de herramientas siguiendo, como de costumbre, las normas de Saverio y las reglas contra el desorden fijadas por su madre. Luego volvió conmigo. Bajó el picaporte con las dos manos y la puertaventana se abrió.

7

Entré, la cerré enseguida por temor a que el balcón volviera a agarrarme. Le hice fiestas al niño, pero sin tocarlo, estaba demasiado mojado. Sabes hacerlo todo, le dije, llevas una multitud dentro de ti, eres maravilloso. Y de inmediato abrí la ducha, me quité la ropa empapada y me metí bajo el chorro hirviendo en calzoncillos y calcetines. A Mario le pareció emocionante, quiso hacer lo mismo, se lo permití.

—Yo también me quedo en calzoncillos y calcetines.
—De acuerdo.

El calor me hizo recobrar, en algún rincón el alma, el espíritu, el soplo vital, las reacciones electroquímicas, llámesele como se quiera: nada comparable con lo que estalló en gritos agudos y carcajadas del cuerpo del niño durante todo el rato que bailamos debajo del agua, durante todo el tiempo que pasamos envueltos en los albornoces, yo pegado al radiador del baño, él forcejeando por apartar la cabeza del chorro de aire del secador.

—Me estás quemando.
—Qué va.

—No sabes, el pelo no se seca así.

—Es cierto, el abuelo es un viejo tonto, pero ya está hecho, hemos acabado.

Descongelamos el último plato preparado por Salli, comimos, nos pusimos el pijama, vimos dibujos animados hasta que el niño cayó rendido. Lo metí en la cama; me disponía a acostarme yo también —estaba muerto de cansancio, se me cerraban los ojos—, pero antes quise poner a cargar el inalámbrico y el móvil y luego comprobar si debajo del picaporte de la puertaventana había de veras un agujerito milagroso. No lo encontré, pero en honor a la verdad, mi vista dejaba mucho que desear. En cuanto apoyé la cabeza en la almohada, me quedé dormido.

Al día siguiente nos despertó Salli. Dormilón el abuelo y dormilón el nieto, dijo subiendo la persiana. Después le enseñó al niño muy adormilado dos muñecos y un coche, quiso saber por qué los había dejado en el rellano. Después se dirigió a mí en voz muy alta: Nunca había visto tanto desorden en esta casa, ¿qué habéis hecho, habéis jugado con agua?

No dije nada, me limité a pedirle: ¿Puede salir, por favor? El niño chilló: ¡Quiero seguir durmiendo, no toques mis juguetes!

Salli nos preparó el desayuno, descubrimos que estaba de un humor excelente, acababa de prometerse con un camarero de Scafati. Comentó que el camarero era tímido, le llevaba tres años y era viudo con cuatro hijos mayores. Salli se había tomado el día libre porque él tardaba en declararle su amor y había tenido que darle un empujoncito.

—¿Tú tienes novia, abuelo? —me preguntó.

—No.

—Yo, un montón —dijo Mario, pero dirigiéndose a mí.

—No tenía la menor duda —contesté—. El abuelo, en cambio, siempre lo tuvo difícil con las novias.

—Si quieres, te doy una de las mías —propuso el niño.

—Yo quería ser novia de Mario —intervino Salli—, pero como no me quiere, me dijo que no.

—Eres vieja —dijo el niño.

—Tu abuelo también es viejo.

—Mi abuelo no.

Durante todo el rato que tardé en afeitarme, Mario quiso estar a mi lado.

—A lo mejor mamá y papá se divorcian —me dijo en un momento dado.

Me alegré de que hubiese decidido hacerme aquella confidencia.

—¿Sabes lo que significa divorciarse?

—Sí.

—Lo dudo, explícamelo.

—Que me dejan.

—¿Ves cómo no lo sabes? Se dejan ellos, no te dejan a ti.

Calló avergonzado.

—Si se divorcian, ¿puedo ir a tu casa? —dijo luego.

—Todo el tiempo que quieras. —Me pareció aliviado—. ¿Hoy vas a trabajar? —preguntó.

—No, no trabajo más.

—¿En serio?

—En serio.

—Papá dice que el que no trabaja no come.

—Tu padre siempre tiene razón, no comeré.

—Si no trabajas, ¿jugamos?

—No, hoy hace sol, vamos a pasear.

—Pero yo no pienso caminar.

—Yo tampoco. Iremos en metro.

Se puso contentísimo, descubrí que el metro era para él una especie de Disneylandia. Lo que más le gustaba eran las escaleras mecánicas de la piazza Garibaldi, pero no se conformó con esas, quiso visitar todas las estaciones. Bajamos, miramos un poco y volvemos a subir —programó—, papá y yo a veces lo hacemos. Acepté, nos detuvimos sobre todo en la estación de Toledo. Subimos y bajamos por las escaleras mecánicas, quiso enseñarme los efectos de los colores y la luz en las paredes. Me explicó: Ese es el sol, abuelo, aquí está el mar, y aquí se ven san Genaro y el Vesubio. La mañana pasó volando, pasó volando todo el día. Por la noche llamó Betta. Parecía contenta, en un primer momento no entendí por qué. Después salió a relucir que estaba orgullosa de Saverio, su ponencia había sido muy apreciada, en el congreso no se hablaba de otra cosa. ¿Qué tal lo demás?, pregunté. Contestó: Muy bien, y quiso hablar con su hijo. Le pasé el inalámbrico al niño, pero me quedé escuchando con disimulo. Mario le contó a su madre con lujo de detalles nuestra exploración del metro, le informó del compromiso de Salli; del balcón no dijo una sola palabra.

Por lo demás, en todo aquel día tampoco habíamos hablado del balcón entre nosotros. En un momento dado, como yo estornudaba y tosía —era el comienzo de un resfriado potente—, me preguntó con tono preocupado: Abuelo, ¿anoche te destapaste? Nada más. Quizá aquel asunto no había tenido ningún efecto en él. O, lo más probable, en su almacén de fórmulas adultas que exhibir en las circunstancias adecuadas, no había encontrado ninguna para el balcón y por ello iba a mantenerlo fuera de las palabras a saber por cuánto tiempo. Por la noche, se había limitado a subrayar que cuando te destapas, te resfrías.

8

Al día siguiente regresaron sus padres, llegaron sobre las tres de la tarde. Noté que, pese a sentir veneración por su padre, Mario se abalanzó a los brazos de su madre. Ella lo levantó, se besuquearon un buen rato.

—¿Te alegras de que haya vuelto?
—Sí.
—¿Cómo has estado con el abuelo?
—Muy bien.
—¿Lo has dejado trabajar?
—El abuelo ya no trabaja más.

Aquella noticia ni siquiera turbó un poco a mi hija, que reaccionó diciendo: No trabaja más porque eres insoportable, a saber la lata que le habrás dado. Y se echó a reír, siempre había tenido unos dientes preciosos, como los de Ada. Aquel destello le iluminó la cara, el cuerpo entero, y me reveló que había cambiado, daba la sensación de que acabara de despertar tras una noche de sueños felices que parecían reales. Ven con mamá, le dijo al niño, y ya no se separaron el resto de la tarde.

Yo pasé el tiempo con Saverio, aunque el hombre me aburría, no había caso. Me he enterado de que en Cagliari te ha ido estupendamente, le dije.

Él asintió con falsa modestia, pero no pudo contenerse mucho y, aunque sabía que yo no entendía nada de matemáticas, me explicó punto por punto todas las novedades de su ponencia. Noté que se me agotaban las pocas energías que me quedaban, estornudé con frecuencia, tosí. Eres bueno en lo tuyo, dejé caer solo por interrumpirlo. Contestó a su manera ceremoniosa: Tú eres mucho mejor en lo tuyo.

Respondí con evasivas y como no sabía qué más decir, le pregunté qué tal iba con Betta.

Fue un error, se puso rojo, de un rojo tan evidente que aparté la vista para que no se sintiera aún más incómodo. He hecho y dicho tonterías, reconoció con dificultad, y habló con la respiración afanosa, a veces gesticulando, otras entrelazando las manos como si no quisiera separarlas más. Me enumeró sus obsesiones, las pesadillas que tenía despierto. Y me pidió disculpas, quiso que lo perdonara por lo que había dicho de mi hija.

—Todas barbaridades —murmuró con los ojos brillantes—, ella me quiere, siempre me ha querido y yo se lo pago atormentándola.

Su arrepentimiento era sincero, me alegré de que formara parte del genoma de mi nieto y se lo dije con ironía indisimulada. Pero Saverio se lo tomó en serio, me dio las gracias, se puso a rebatir sin parar el análisis que había hecho durante años sin que sus fantasías desgarradoras desaparecieran.

—¿Qué puedo hacer? —me preguntó.

—De todo —mascullé—, te irían bien unos cuantos medicamentos, algo de sociología, algo de psicología, algo de religión, unos cuantos motines y revoluciones, algo de arte, incluso una dieta vegetariana, un curso de inglés, otro de astronomía. Depende de las estaciones.

—¿De qué estaciones?

—Las estaciones de la vida.

Negó con la cabeza como si quisiera arrancársela del cuello.

—Estás bromeando, es que yo estoy mal hecho, los celos son un gen que me hace ver lo que no existe.

Me dio por sonreír, le confesé que a mí las cosas me habían ido de otro modo.

—Yo no tengo ese gen y a mí me pasó que no vi lo que sí existía. Pero ahora que miro mejor, descubro en todas partes grandes bloques de tocino entreverado de vetas de carne magra.

—¿Es un cuadro nuevo que quieres hacer?

—No, es la realidad.

—Qué divertido eres, yo no consigo divertir a la gente.

—Yo tampoco, pero hoy estoy de buen humor y la cosa va un poco mejor.

—¿Has terminado tus láminas?

—No.

—Porque eres un perfeccionista. Siempre he pensado que en el fondo nos parecemos un poco, tal vez por eso tu hija se quedó conmigo.

—¿Tú crees?

—Pues sí. Con una ecuación soy capaz de llevar a la gente a donde jamás podrá llegar y tú haces lo mismo con una pincelada.

Nunca había llevado a nadie a ninguna parte, pero no quise decepcionarlo. Charlamos largo rato con una facilidad inesperada, hasta que apareció Mario. Se apoyó en una pierna de su padre, que le preguntó:

—¿Qué habéis hecho tú y el abuelo?

Mario hizo muecas, se retorció, miró arriba, miró abajo —fingía estar pensando—, después me señaló muy alegre y dijo:

—Él salió al balcón y jugamos.

—¿Con este frío?

—Al balcón salió el abuelo, yo no.

—Ah, bueno. ¿Y os habéis divertido mucho?

—Un montón.

Betta también asomó la cabeza. Era como si nada pudiera turbarla, ni yo, ni su marido, ni su hijo. En los últimos meses seguramente las había pasado moradas, pero ahora estaba dispuesta a defender su bienestar con uñas, dientes y mentiras. Traía una hoja en la mano, era el dibujo de Mario que tanto me había impresionado.

—Papá, ¿qué es esto, un nuevo inicio, una nueva juventud? —dijo irónica—. Es precioso.

Nunca había derrochado palabras elogiosas por lo que yo hacía, al contrario, recordé que en su adolescencia siempre había sido muy crítica, casi ofensiva, mientras que de los veinte años en adelante se había limitado a exhibir una condescendencia de hija que al fin había aceptado la fatuidad de su padre.

—Lo ha hecho mi nieto —dije orgulloso.

—¡Lo he copiado del abuelo! —gritó Mario casi al mismo tiempo.

APÉNDICE

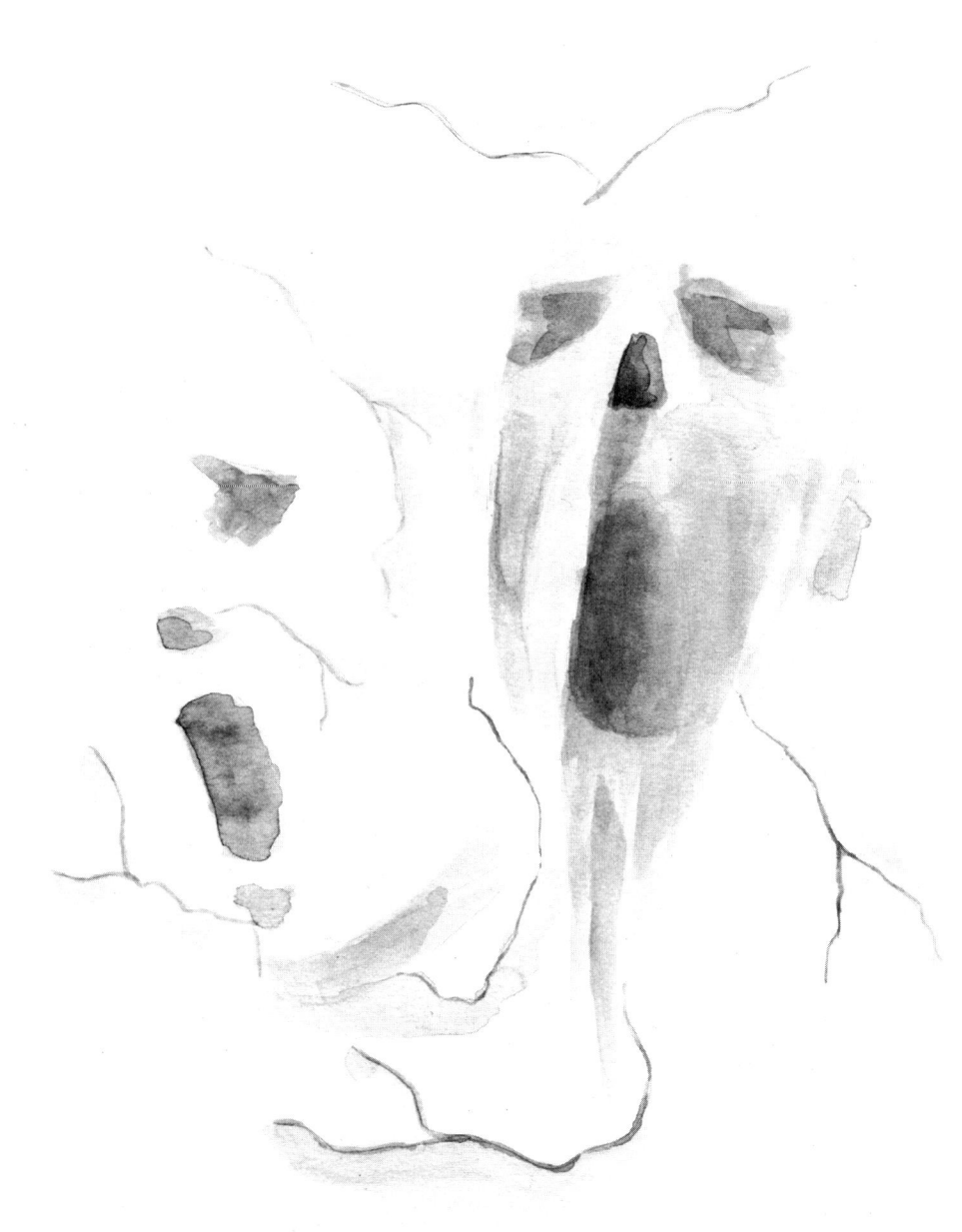

El jugador jubiloso

Notas y bosquejos de Daniele Mallarico (1940-2016), inventados para el cuento *El juego*

5 de septiembre. Llega un momento en que nos asomamos a la oscuridad. Entraron en la habitación, me bajaron al sótano. Las paredes eran verdosas, el suelo nebuloso y los rincones tenían el color de la tierra de Siena quemada. Me habría gustado pintar el aire inmóvil, la luz artificial del quirófano, pero no entonces, no del natural. Mi cabeza estaba concentrada en los médicos, en la monja india; solo deseaba que se decidieran pronto a cortarme la barriga; de ese modo me mandarían pronto a casa. De pie delante de mí, la enfermera me hizo sentar en el borde sosteniéndome de las muñecas. Alguien trajinaba a mi espalda. Durante un largo minuto quise mucho a aquella mujer menuda, la amé con una intensidad tal que no consigo olvidarme de ella. Entretanto, llegó una amplia oleada de agotamiento que aproveché para apoyar la frente entre su hombro y su cuello. Había allí una tiniebla dulce en cuyo interior ella me ayudó a tenderme. Vi los barrotes negros, de larguísimas puntas muy aguzadas que impiden entrar en el edificio de la esquina donde vivo.

27 de septiembre. Parece que el cuerpo no tiene ninguna intención de recuperar las fuerzas y estoy harto de pasarme el tiempo dormitando delante de la tele. Para mi suerte, antes de ayer, un joven editor —treinta años como mucho y tan lleno de vida que resulta ofensivo con cada gesto, con cada tono de voz— me propuso ilustrar una edición, según él lujosísima, de un relato de Henry James. Le di largas, porque lo poco que sé de James es suficiente para deducir que se trata de un escritor difícil de ilustrar. Pero él trató de convencerme sirviéndose del dinero como acicate, es más, exclamó al menos un par de veces, con una vulgaridad complacida: Usted dígame que sí y yo lo cubro de oro. De hecho, cuando fuimos al grano, resultó ser que el oro era bien poco, nada comparable con cuanto me pagaban hasta hace cinco o seis años por trabajos más o menos equiparables. Pero qué sentido tenía empecinarme en mil euros más o mil euros menos, en esta época no necesito dinero, sino sentirme activo. Por eso nos reunimos a desayunar en el corso Genova, fingimos hacernos amigos y cerramos nuestro acuerdo. De hoy en adelante tengo algo en lo que me gustará ocupar la cabeza. El relato que debo ilustrar se titula *The Jolly Corner*.[1]

29 de septiembre. Estoy leyendo, pero me distraigo fácilmente. Me ha venido a la cabeza la noche en que mi padre, en un cuartito del piso superior de un bar por la zona del Carmine, perdió a las cartas el sueldo entero que había cobrado aquella mañana. Alto y flaco como era, abandonó la mesa donde llevaba horas

---

1. Las citas del relato aquí utilizadas se han tomado de «El rincón de la dicha» en *El banco de la desolación*, Henry James, traducción de Olivia de Miguel, Barcelona, Destino, 1990. *(N. de la T.)*

jugando con movimientos lentos, se metió en el bolsillo el paquete de Nazionali y los fósforos, con un saludo breve y amargado se despidió de quien lo había despellejado y salió del cuarto. Se llegaba a la calle por una escalera de madera. Mi padre consiguió bajar apenas un par de peldaños, después se desmayó y salió rodando hasta aterrizar de cara y romperse los incisivos contra las losas del suelo.

4 de octubre. Comprendí qué tiene que ver mi padre con Henry James al terminar la lectura. Algo del texto se soldó a la palabra *jolly* del título, e hizo que me viniera a la cabeza las cartas de la baraja. Spencer Brydon, el protagonista del cuento, persigue a un fantasma que es su *alter ego* neoyorquino. Al principio lo hace con cierto placer, como si se tratase de un deporte, de una batida de caza, de una partida de ajedrez, de un juego a medio camino entre el del escondite y el del gato y el ratón. Después se lleva un susto de muerte y el cuento termina, nada más. Pero mientras iba leyendo, me di cuenta de que algo me resultaba conocido y pensé en la agitación de mi padre cuando con todo su ser, incluso con la respiración, confiaba en atraer las cartas que le habrían permitido ganar. Estaba enfermo de juego y si, como Brydon, hubiese tenido la fantasía de dar caza a un espectro, el espectro no habría sido un ser sombrío como él, sino un señor alegre y afortunado que, a fuerza de jugar, se había hecho millonario. Tal vez se debe a esta sugestión por lo que ahora me estoy interesando en el *jolly*, el comodín de los juegos en que puede sustituir cualquier naipe. Incluso he echado un vistazo en internet a su historia y me he enterado de que, pese a estar relacionado con la carta del loco del tarot o con ciertas figuras de demonios chinos y japoneses, de hecho, es un invento americano que se remonta al siglo XIX. En 1906, con sesenta y tres años, cuando James escribió *The Jolly Corner*, el *jolly joker*, el jugador jubiloso, era una carta bastante joven.

10 de octubre. ¿Exagero? ¿No exagero? Quizá sí, aunque lo cierto es que me cuesta recuperarme. Vivo como si una parte de mí —tal vez todo yo o, en cualquier caso, la parte más acabada, el yo más rico de detalles— tuviera un compromiso importante y se viera en la necesidad de salir de casa lo antes posible, mientras que la otra —o todo mi cuerpo, pero reducido a una línea fina, un puro contorno que me sigue de cerca a poco más de un metro de distancia— con el fin de retenerme alargara la mano frágil sin tendones, sin venas, sin uñas siquiera, y dijese moviendo apenas los labios: Chsss, chsss.

15 de octubre. Títulos para una lámina que reproduzca la fachada de la casa. *El rincón loco. El rincón del joker. El rincón de lo posible.* Estoy releyendo el cuento. Al principio me hallaba desconcertado, pero ahora me parece una buena idea mezclar lo que James sabe, lo que aprendo leyendo, lo que veo aislando más o menos arbitrariamente frases o palabras. Para mi desgracia, en noviembre no me queda más remedio que ir a casa de Betta, pero espero haber terminado el trabajo antes de viajar. Mientras tanto, he localizado alguna imagen del joker y me gustaría dibujar una carta con la cara de mi padre. La casa de

Nápoles guarda en alguna parte su espectro, el de mi madre, el de mi abuela y tal vez —al menos para mi hija— el mío. Investigación de las sombras.

24 de octubre. El primero en hacerte notar el declive es el teléfono, suena cada vez menos. Después, poco a poco, disminuyen también el correo postal y el electrónico. A menudo pienso: menos mal que no estoy en Facebook ni en Twitter, las señales serían aún más vistosas. Por otra parte, no utilizar las redes sociales también es una señal de cómo he acabado quedándome desfasado. Claro que me seguirán saliendo trabajos, pero con cuentagotas, sin la acumulación caótica de antes. Me digo que me buscan poco o nada porque me hago el difícil. Pero no es así. La verdad es que muchos de quienes apreciaron mis habilidades o son tan viejos como yo, o se han muerto, o los han dejado fuera de juego. Es normal que el móvil rara vez zumbe y que yo me pase los días fundamentalmente encerrado en casa, leyendo y releyendo a James. Me digo que entender a fondo el texto es el primer paso para trabajar como es debido. Pero no paro de distraerme, qué me importan Brydon y Alice Staverton, su amiga. Sé muy bien que paso las páginas, marco palabras o frases, vuelvo atrás, releo, solo para alejar el momento en que deberé decirme: He terminado, ¿y ahora qué?

Cada vez más a menudo me despierto —¿cómo decirlo?— espantado. Tal vez sea por culpa del telediario que acostumbro ver antes de irme a la cama. Pero ya he vivido tiempos al menos tan malos como los de ahora y nunca antes me había pasado

eso de abrir los ojos por la mañana y tener miedo sin saber por qué. Algo en mí se ha deteriorado. Quizá se está agotando la certeza de que sabré reaccionar en cualquier circunstancia. Tengo un cuerpo asustado de su escasa capacidad de reacción.

29 de octubre. El cuento de James me pone nervioso. He empezado lleno de ideas y ahora todas me parecen inadecuadas. Mientras tanto, el tiempo se escurre como un cuerpo deteriorado. El médico dice que está todo en bien y que me demoro a propósito en la convalecencia. Falso. Antes me gustaban estos psicosomatismos, ahora los encuentro insoportables. La realidad es que no me siento bien. De mi mujer, al principio el médico también decía que no tenía nada, que sus malestares se debían al estrés, que, si nos tomábamos unas largas vacaciones, recobraría la salud. En verano alquilamos una casa en la montaña, pero Betta, que por entonces era adolescente, no paró de quejarse y Ada se entristeció todavía más que en la ciudad. Un día dijo que iba a dar un paseo y no quiso llevarse a su hija que, por lo demás, era contraria a todo tipo de distracciones en nuestra compañía. Me puse a trabajar y solo caí en la cuenta de que no había regresado cuando comenzó a llover a cántaros. La busqué inútilmente en el bosque detrás de la casa, me empapé, me embarré, regresé cuando ya había oscurecido. Vi luz en el garaje y fui a echar un vistazo. Ada estaba allí, leyendo, no había salido a pasear. Por naturaleza ya era una mujer opaca, me resultaba arduo intuir sus pensamientos y descifrar sus sentimientos. Cuando enfermó, se volvió sombría y solo entonces me di cuenta de que nunca me había contado nada íntimamente suyo. Fingía no tener vida interior.

30 de octubre. El editor quiere ver alguna lámina. Para hacerse una idea, dice. Pero no sé qué idea puede llegar a hacerse, la verdad. De todas maneras, tengo que ponerme a trabajar. Me interesa la fría adolescencia de Spencer Brydon que, al parecer, careció de satisfacciones. También puede resultarme útil la idea de que siente que en la cabeza tiene un rinconcito inexplorado, y en el organismo, ciertas virtudes muy comunes que, sin embargo, llevan tiempo en estado latente. Gran parte de mí se adormeció y fue justo al final de la adolescencia. Era poco más que un crío cuando me casé con Ada, cuando en un ataque incontrolado de presunción le dije a una amiga que me bastaba con un lápiz para salir de todo, de Nápoles, de nuestra amistad, del matrimonio, del amor, de mi propio sexo, de Italia, del planeta.

Suena el tintineo de plata de un despertador.

3 de noviembre. Estoy trabajando. ¿Cómo se dibujan los sonidos? James recurre a símiles. El tintineo como de una campana lejana. La casa se parece a un gran cuenco de vidrio, una concavidad de cristal precioso que vibrara por el roce de un dedo húmedo alrededor de su borde. Resulta más fácil la punta de acero del bastón de Brydon contra el suelo de mármol.

12 de noviembre. Vibraciones desde lo profundo, vibraciones fuera de lo común. Un estupor específico e inconexo. Y un estremecimiento, el flujo de la sangre se convierte en rubor. Aquí radica la cuestión del fantasma, me parece. Solo gracias a la tremenda fuerza de la analogía, las vibraciones, el estupor, el estremecimiento, el flujo se convierten en algo como el ocupan-

te inesperado de la segunda casa neoyorquina de Brydon. En una palabra, el puente que conduce al espectro es ese «como». Basta con hacerlo saltar por los aires y las emociones comprimidas de Spencer, en vez de una figura retórica, producen una figura inquietante que deambula por la inmensa casa vacía. Trabajaría bien, tal vez, si consiguiera hacer lo mismo utilizando un pastel, un carboncillo: transformar el vibrar fluido, enardecido, estupefacto del cuerpo en algo, en una presencia. Pero no voy a ninguna parte, sigo sangrando, tengo que repetir el análisis de sangre. Llamaré a Betta para decirle que no dispongo de fuerzas suficientes para quedarme con el niño. Seguramente se lo tomará a mal, pero debe entenderlo: no puede telefonear y decirme: ven sin preocuparse de nada, de mi trabajo, de mi estado de salud. Yo nunca le he pedido ayuda a nadie, ni siquiera a ella. Y aunque se la hubiese pedido, dudo de que hubiese tenido tiempo para ocuparse de mí. Recuerdo la llamada que me hizo cuando se enteró de la operación.

—¿Por qué no me avisaste?

—Era una tontería.

—¿Fuiste solo?

—Mejor solo que mal acompañado.

—Mamá se habría enfadado mucho.

—Hace tiempo que mamá goza del privilegio de no poder enfadarse más.

—Qué frase tan estúpida.

—Es verdad.

—¿Cuánto tiempo estuviste en el hospital?

—Una semana.

—¿Todo bien?

—He perdido un poco de sangre.

—Estás loco, papá, tendrías que haberme llamado. Voy a buscarte en coche y te traigo para aquí.

Así, a grandes rasgos. Naturalmente, no vino nunca, tampoco me llevó a su casa. Hizo alguna otra llamada, eso sí, pero con prisas, a las siete de la mañana, antes de salir corriendo para el trabajo.

—¿Qué tal vas, papá?

—Bien.

—¿Sigues en la cama?

—Sí.

—¿Hoy no te levantas?

—Dentro de un rato.

—¿Has dormido?

—Tuve pesadillas.

—¿Qué soñaste?

—No me acuerdo.

—¿Y por qué dices que eran pesadillas?
Yo adoptaba el tono de quien está bromeando. Le explicaba que, para mí, en esa época, era una suerte tener pesadillas, me ayudaba en el trabajo. Después añadía: Estoy en la cama, pero tengo la cabeza llena de ideas, me he despertado a las cuatro.

18 de noviembre. Es una ridiculez decirlo, pero al final he intentado de veras dibujar vibraciones, dos láminas color herrumbre donde el cuerpo de Brydon tiembla y se estremece hasta que por una oreja alumbra un diablillo parecido al joker que vi en un antiguo naipe americano. Dudo de que el editor se lo tome a bien, pero no me quedaba tiempo de hacer y rehacer, tuve que marcharme a Nápoles. Un viaje pésimo. En Bolonia subió un joven negro muy bien vestido y a partir de ese momento no hizo más que hablar por teléfono a gritos en una lengua desconocida. Un tipo que dormitaba delante de mí se despertó sobresaltado y le pidió de malos modos, tuteándolo: Baja la voz, por qué tienes que gritar así, me he levantado a las cinco. El joven enseguida dejó de hablar por teléfono y se puso a chillarle al hombre adormilado, esta vez en un napolitano de gran violencia, plagado de insultos muy bien pronunciados. Silencio del resto de los pasajeros, los ojos fijos en el suelo. Imaginé que odiaban y temían al joven maleducado porque era negro y porque era napolitano. Estuve esperando el momento en que los dos se dieran de bofetadas. Daba por seguro que ese instante llegaría, pero no fue así. Siguió una disputa agotadora, tras la cual el blanco se quedó dormido y el negro no hizo más llamadas, ni en su lengua ni en napolitano. De haber sido necesario intervenir para evitar que se mataran, ¿de dónde habría sacado fuerzas yo? ¿Y con qué ánimo me habría interpuesto? ¿En defensa de la negritud? ¿Con un racismo apenas contenido? ¿Contra la mala educación, sea la piel negra o no? ¿Utilizando un dialecto igual de feroz? Hice el resto del viaje con frío y sudores, al llegar estaba contrariado. En casa de Betta los radiadores siempre están tibios. Hace medio siglo no los había. La carpintería de obra no cerraba bien, las corrientes eran glaciales, en invierno te morías de frío. Sin embargo, no recuerdo esta gelidez insoportable, es un frío nuevo hecho un poco de cansancio, un poco de enfermedad, un poco de mal humor, un poco de vejez. El niño me ha parecido un engreído, como mi yerno. Le gustan lo que él define como colores claros. Pero no creo que mis antiguas ilustraciones de cuentos sean oscuras. Tal vez estén mal impresas, pero no son oscuras. Saverio y Betta deben de haber hablado mal de mis pinturas y Mario los habrá oído. Los niños captan con cuidadosa atención las palabras salidas de boca de sus padres.

Mario tiene cara de joker.

Durante toda mi vida busqué buenos motivos para justificar la cantidad exagerada de tiempo que dedicaba a mis obras de arte. Al principio quería salir de Nápoles para imponerme al mundo. Después pensé que debía representar los horrores del mundo, de modo tal que dieran ganas de revolucionarlo. Por último, me empeñé en derribar cánones, fijar otros nuevos, experimentar, teorizar, proclamar una cosa contra alguna otra. Me fascinaban las grandes razones, temía que mi pequeñez asomara sin ellas. Ada nunca creyó en mi compromiso, o tal vez creyó en él solo al principio. Enseguida pensó que no había nada capaz de apasionarme de veras, que solamente me ocupaba de protegerme, que evitaba la vida por miedo a que mi organismo no la aguantara y se hiciera daño. Tu única y gran razón —me dijo una vez— es la permanente necesidad de volver la cabeza hacia otra parte: Tú no eres distraído, tú haces lo imposible por ser distraído. En mi distracción debí de haber visto lo que Alice Staverton, la buena amiga de Brydon, llama «el negro desconocido». No en el sentido de *nigger*, creo. Y ni siquiera alguien como el joven napolitano de piel oscura con el que me topé hoy. Sino un yo mío tenebroso que la asustó, uno que se mantenía en la oscuridad por temor a la luz, un extraño jamás aceptado, maleducado por naturaleza, ofensivo sin siquiera saberlo. Quizá por eso acudió a otros, que le parecieron menos negros y que le dieron la sensación de que nunca se distraerían con ella. Alice no. Alice sostiene en su regazo la cabeza desolada de su amigo Brydon, acoge todo lo que él es. Dibujarla —ahora lo intento— mientras permanece inclinada sobre Spencer y el yo, el tú y el él se confunden en un único rostro horrible-agradable que ella se bebe con los ojos sin andarse con demasiadas sutilezas. A mí, por lo que recuerdo, nadie me ha tenido tanta misericordia, quizá sean cosas que pasen únicamente en el mundo de los signos. No podemos ser amados de verdad.

Solo ahora, en la vejez, me parece aceptable un concepto que, en realidad, siempre he detestado, es decir, que la fuerza de la belleza radica en no tener razones, ni siquiera —escribe James— el fantasma de una razón. Pero ya es demasiado tarde, la cabeza es lo que es. Le dije a mi yerno, solo por charlar: Nunca he hecho un cuadro sin buscar un gran motivo para ponerme a trabajar. Y él, amablemente: Tiene sentido, pero si los cuadros son pequeños, los grandes motivos no los harán grandes. Él es así, su agresividad se manifiesta con gracia. En una ocasión en que él pasó por Milán, me dio por confiarle: Creo haber hecho cuanto podía, quizá haya llegado el momento de parar. Saverio enseguida se mostró de acuerdo: Pues sí, a cierta edad hay que parar. Me sentó fatal, dije: De todos modos, lo que hice ha valido para algo y espero que en el futuro valga más. Él rebatió: Seguramente; no eres un Fontana, no eres un Burri, pero sí. Estuve a punto de replicarle: ¿Qué dices?, no sabes de lo que hablas, ¿qué tiene que ver Fontana? ¿Qué tiene que ver Burri? Pero hice como si tal cosa. Había aspirado a mucho más que Burri o Fontana, aunque nadie nunca lo hubiera dicho, y mucho menos Saverio. La ambición desmedida se mantiene en voz baja, se avergüenza de sí misma. Pero en secreto, las jerarquías establecidas por el mundo no le parecen fiables, aspira a tanto que no sabe someterse a ningún modelo, a ninguna afinidad, es más, hasta lo que admira lo admira solo para superarlo. Sí, sí, el fracaso es el bagaje esencial de las auténticas y grandes ambiciones. Se fracasa en función de la grandeza, no de las pequeñas metas.

La casa es un cascarón reseco, los cuartos están desiertos. El vacío en este relato es absoluto. Cuando la «cosa» a la que

Brydon da caza pasa de hecho mental a presencia, a imagen física colocada en un espacio físicamente definido —la casa situada en una esquina entre una calle y una avenida—, Spencer se queda aterrorizado, sospecha que el otro se encuentra detrás de una puerta cerrada que debería estar abierta, y con tal de evitar el enfrentamiento, abre una ventana del cuarto piso, dispuesto a saltar. Cada vez más a menudo, el abismo es el único camino para salvarnos de nosotros mismos.

Odiaba aquel apartamento, la forma del edificio, el lugar donde se alzaba, toda la ciudad. Al morir mis padres, alquilé durante un tiempo la casa, después se la dejé a Betta, que regresó a Nápoles tras una temporada en el extranjero. Siempre he querido a Betta, pero distraídamente. Todos mis afectos han sido afectos distraídos y ahora me duele un poco.

El lápiz se ha apoderado de mi mano, mejor dicho, me la ha modificado. El trazo, fatigoso cuando intentaba ilustrar a James, se ha vuelto veloz, tan veloz que, mientras dibujaba, me ha causado una especie de regresión-relámpago, no sé de qué otro modo llamarla. A esta hora de la noche, los dedos me han devuelto la impresión de ser independientes, la misma impresión que sentía de niño, cuando no conocía esta capacidad mía y la descubrí entre la maravilla y el espanto. En fin, que por un instante tuve la impresión de regresar a la mano autónoma de cuando tenía una docena de años, como si todo mi recorrido artístico —las influencias del tiempo que me ha tocado en suerte, el modo de integrarme en aquella época intentando buscar mi camino— hubiese desaparecido. Ya no sabía dibujar como sé ahora. O sabía dibujar, pero como entonces.

19 de noviembre. La forma del fantasma es fruto de las hipótesis de Spencer y de los sueños de Alice. Dos personalidades bien definidas extraen de sí mismas una forma posible. Movimiento: lo que James no cuenta es de qué modo el *alter ego* de Brydon ha salido de la *indistinctness*.[2] Sin embargo, a mí me toca hacerlo. Debo bosquejar al otro en el preciso momento en que abandona el símil, se separa de Brydon y progresivamente va convirtiéndose en un extraño para él. Dibujaré unos Brydon que saltan fuera de Brydon, todos distintos entre sí, y todos distintos del Brydon real.

En la sala hay un cuadro mío rojo y azul con un cencerro auténtico en el centro, de esos que llevan los animales en el pastoreo. El niño agitó con fuerza el badajo y me puso nervioso.

—Mario, eso no se hace —le dije.

—Mamá me deja.

—Mientras yo esté aquí, no lo hagas.

—¿Quieres tocarlo tú?

—No.

2. Falta de nitidez. *(N. de la T.)*

—Papá dice que si hay una campana hay que tocarla.
—Esa no, y en todo caso, no ahora.

Incluso cuando tomo conciencia de mi insignificancia, no la siento encarnada por lo que he hecho —al contrario, buen material, me digo, y en cualquier caso, mejor que el de muchos otros—, sino por la ligereza con que me he atribuido la capacidad de hacer aquello que nunca se había hecho.

Me detengo en la escena culminante: el momento de la *revulsion*, es decir, cuando el protagonista consigue por fin desencovar al fantasma y siente repugnancia. En dialecto, vomitar se dice *vummecà*, pero la pequeña burguesía que quiere hablar con finura dice «arrojar» o «devolver». «Tengo ganas de arrojar, tengo ganas de devolver.» Hay en este cambio un reto explícito y, a la vez, un lugar común de la representación, del estilo: jamás ningún artista habría sido capaz de retratar con todo detalle, etcétera, etcétera. Echar fuera todo lo que tienes en la cabeza. Avanzar mediante arcadas. Vomitar por el esfuerzo de la invención. Devolver.

Ese algo al que Spencer da caza es una variación de su carne viva. Esa que, en un principio, se mantiene enrollada sobre sí misma, luego debe necesariamente desplegarse, desarrollarse, como si estuviese constituida por un número asombroso de fotogramas de una película de las de antes. Aquí, en Nápoles, desde principios de la adolescencia muchos de mis yos permanecieron en forma de brotes y anhelaban imponerse aferrándose a las mil variaciones posibles de la ciudad, porque también la materia de Nápoles es variable, en ella podía haber muchas,

muchísimas ciudades, mejores o incluso peores que esta. Pero fueron posibilidades que tuvieron una vida breve, las descarté. O tal vez creí haberlo hecho. Quería tratar de convertirme en una sola cosa y nada más, un artista de relevancia mundial, uno de los pocos que serán recordados hasta que el sol se apague, o tal vez incluso después, en planetas habitables, con soles benévolos. No lo conseguí y ahora las viejas variaciones —clones defectuosos, fabricados por la conciencia insatisfecha— se yerguen con una fuerza inesperada, como gusanos —un viejo símil remedado por James— cuando levantas una piedra. Esta noche, mientras Mario, sus padres belicosos, los muebles, la casa duermen, los clones parecen hacer equilibrio sobre una gran esfera y sus cuerpos entrelazados, momentáneamente aliados, se alzan siguiendo la forma sinuosa del signo de interrogación. La imagen podría funcionar, pero debo buscar otras. La variabilidad resulta difícil de dibujar. Quisiera fijar el momento en que estás de un modo y después te impulsas, dejando solo los bártulos que servían para ser otro.

¿En qué se convertirá este niño en esta ciudad? ¿Todo su «déjame a mí, ya lo sé hacer yo» a los cuatro años se transformará en una vacía exhibición de nociones fútiles, en destrezas inexistentes, en unas ganas agrias de revancha, en fanfarroncría? ¿Cuándo dejé yo de decirme que era genial, de considerar cuanto hacía como una proeza? Tarde, creo. O tal vez nunca, ni siquiera ahora. Siento un gran afecto, que con el tiempo aumenta en vez de disminuir, por el yo, mi yo, ese que seleccioné dolorosamente entre tantos otros. Cuánto queremos —todos nosotros— a nuestro duendecillo

parlanchín. El esfuerzo comienza cuando lo echamos al mundo para que sea tan amado como lo amamos nosotros. Algo imposible. Al esfuerzo sigue la decepción.

Ayudante de barbero, un chico de trece años que cepillaba pelos de los hombros del cliente. Aprendiz en un taller, tornero en Alfa Romeo, operario en Bagnoli. Vendedor de callos y pies de cerdo cocidos en Porta Capuana. Camorrista asesino, hijo de mala madre, matón, chanchullero, politiquero que une legalidad a ilegalidad, instituciones a negocios sucios, a la cárcel de Poggioreale. Emprender el camino del dinero: hacerse millonario amedrentando a los honrados, corrompiéndolos, robando, devastando. O emprender el de la queja cotidiana del empleado en el bar, entre un café y una *sfogliatella*, interpretando el papel de quien podía haber hecho más y por un exceso de rebelde honradez no hizo. O quedarse en la ventana esperando que, en las callejuelas, desde las afueras, acudan las multitudes de desesperados y pongan el mundo patas arriba —el de arriba queda abajo— y la sangre fluya en ríos para que por fin cada cual dé según sus capacidades y a cada cual le sea dado según sus necesidades. Estos y otros más son los fantasmas que ahora se deslizan por los cuartos de mi adolescencia. No necesito, como Brydon, recurrir a la metáfora de la carta sin leer que, de haber sido leída, habría desvelado vete a saber qué. Yo he leído todo lo leíble de mi existencia y sé que esos espectros se me parecen. Sería agradable que ellos mismos me consideraran una sombra errante y que, al verme, se aterrorizaran, pero no ocurre. Hace mucho tiempo, cuando tenía veinte años, pensé que habría contribuido a vencer a los peores ciudadanos de Nápoles y del mundo echando una mano a los mejores con mis obritas despiadadas y esperanzadas. No ocurrió: a los peores el arte les importa un carajo, quieren poder, cada vez más poder, y por ello siguen repartiendo dinero y terror reduciendo el número de quienes no están por la labor.

20 de noviembre. No soporto hablarle al niño definiéndome como «el abuelo». No soy el abuelo, soy yo. No soy una tercera persona, soy una primera persona. Pero mi hija me llevó a hablar así enseguida y empecé a hacerlo para no disgustarla. O tal vez no solo por eso. Me parece excesivo oponer mi yo al de Mario. Aunque suene empalagoso, mejor decir: El abuelo no quiere, el abuelo está disgustado, el abuelo te lee un cuento.

Brydon tiende a desencovar la presa con el talante del cazador alegre. Al principio está tranquilo, da por sentado que capturará algo que, de un modo u otro, se le parece, no duda de que el ocupante de la casa es alguien como él. Sin embargo, pasaje tras pasaje, el mecanismo de la analogía se atasca. El Brydon europeo y el Brydon americano, el culto libertino y el hombre que hace negocios con inmuebles, no tienen ninguna afinidad. Lo irregular prevalece sobre la norma, el rostro del espectro neoyorquino se convierte en algo falto de nitidez que Spencer ya no consigue materializar según la semejanza consigo mismo. James mismo deja a un lado el «como» y recurre a una anomalía. La mano con que el fantasma se tapa el rostro tiene los dedos cortados. En cuanto a Alice, me parece que está en un aprieto mayor que Brydon. La afectuosa señora sabe que en la casa se han enfrentado dos proyecciones del todo incompatibles y ahora el problema radica en cómo mantener unidos al europeo irreflexivo del elegante monóculo y al americano grave de los dedos cortados. El primero no es como el segundo; sin embargo, Alice, que debería decidir qué partido tomar, ama a Spencer y confusamente no desdeña al fantasma. La consecuencia es que a Brydon ya lo carcomen los celos por una nulidad que se parecía a él, pero que no es él, aunque quién sabe, podría serlo. No, este no me parece un final feliz. Ni por asomo. Una de las patrañas difíciles de eliminar es que las historias puedan terminar realmente en dicha.

Pienso en Betta y Saverio. Qué me importan Spencer y Alice, voy a dibujar a mi yerno, a mi hija. A Salli, a esta mujer también. Hemos intercambiado unas cuantas palabras. Le encanta perder el tiempo charlando y yo quiero caerle bien, debo contar con su ayuda. Me he dado cuenta de que sabe más que yo de las tensiones entre Betta y Saverio.

—Lo siento por Mariuccio —dijo, lejos del niño para que este no aguzara el oído—. El que tiene hijos no debería separarse.

—Que no van a separarse, solo hay un poco de nerviosismo.
—Lo dices porque vives lejos y no oyes las peleas.
—Se les pasará.
—Eso espero.

Pero me he dado cuenta de que, en el fondo, no lo espera. Por una parte, teme que una separación tenga efectos negativos en el niño, por la otra, se intuye que ni Betta ni Saverio despiertan sus simpatías. Comenzó con frases genéricas como: Son magníficas personas, grandes profesores, pero pretenden demasiado de ese pobre niño. De manera que, tal vez para no hablar mal de Betta delante de su padre, se concentró en Saverio: Tanta inteligencia, tanta atención y ya ves tú. Estoy de acuerdo.

21 de noviembre. Me he despertado con el deseo de ser castigado por aquello que no he sido capaz de hacer.

En la vejez también el sistema nervioso está desgastado, también los conductos lagrimales.

El cuerpo de Ada era un pozo de ciencia brotado desde lo profundo de generaciones acomodadas y de educación óptima. Alguien con mis orígenes tenía la impresión de mejorar simplemente viendo boquiabierto cómo se movía ella, cómo modulaba la voz. Estaba hecha para otros, yo la tomé de forma ilegal, la obligué. O al menos eso creyó Betta desde niña. No se dio cuenta de que viví como subordinado, su madre lo sabía todo; yo, casi nada. Siempre tenía miedo de perderla y me defendí imponiéndole las urgencias de mi supuesto talento. Si tenía la sensación de que no me prestaba atención, le decía:

—Tú no me quieres.
—Te quiero muchísimo.
—Quieres lo que no soy.
—Sé muy bien lo que eres.
—Entonces no me quieres.
—Eres tú el que no me soporta porque lo que te ronda por la cabeza ya no encaja conmigo.

Manteníamos conversaciones así, seguimos manteniéndolas incluso después de que ella enfermara, incluso hasta el día de su muerte. Intenté arrancármela del cuerpo, de la mente. Ni siquiera tras haber leído sus cuadernos dejé de amarla.

Mario se considera capaz de todo tipo de proezas. Mantuvimos más o menos este diálogo:

—¿Sabías que sé hacer pipí sin aguantarme el pito?
—¡Anda ya!
—Es verdad, abuelo. El pis sale derechito, no mojo el suelo. ¿Tú puedes?
—Es arriesgado.
—Si lo haces bien, no. Prueba.
—De eso ni hablar. Y a ti ni se te ocurra, que mojas el suelo.

El niño es educado y al mismo tiempo incontrolable. Tiene un golpe de vista que me sorprende. Hay algo físico en la expresión «golpe de vista»: choque y velocidad. Es como si el globo ocular —no hay nada menos contundente— apuntara dispuesto a golpear algo del mundo y diera con violencia en el blanco. Estoy harto del lenguaje figurado. Estoy harto de las figuras, de las figuritas, de los figurones, de todo. Debo tener cuidado con el balcón, les daré un buen rapapolvo a Saverio y a Betta. Piensan tanto en sí mismos que les importo un carajo. Lo que le ha pasado a Salli podría pasarle a Mario, entonces, ¿yo qué hago?

Esta mañana, no sé si tengo miedo por el niño o tengo miedo del niño.

Índice

Capítulo primero 9
Capítulo segundo 59
Capítulo tercero 121

Apéndice. El jugador jubiloso 165

Algunos títulos imprescindibles de Lumen de los últimos años

La hija de la española | Karina Sainz Borgo
Tan poca vida | Hanya Yanagihara
Lo esencial | Miguel Milá
Una educación | Tara Westover
Macbeth | Jo Nesbø
La amiga estupenda | Elena Ferrante
Frankissstein | Jeanette Winterson
Léxico familiar | Natalia Ginzburg
Donde me encuentro | Jhumpa Lahiri
¿Quién te crees que eres? | Alice Munro
Frida Kahlo. Una biografía | María Hesse
Éramos unos niños | Patti Smith
Bitna bajo el cielo de Seúl | Jean-Marie Gustave Le Clézio
Un lugar llamado Antaño | Olga Tokarczuk
Mafalda. Todas las tiras | Quino
La escuela católica | Edoardo Albinati
La chica | Edna O'Brien
Número cero | Umberto Eco
Poema a la duración | Peter Handke
Quiero escribirte esta noche una carta de amor | Ángeles Caso
El baile del reloj | Anne Tyler
Diario de una volátil | Agustina Guerrero
Esa puta tan distinguida | Juan Marsé
El cuaderno dorado | Doris Lessing
Todo queda en casa | Alice Munro

Cambiemos el mundo | Greta Thunberg
La noche de los niños | Toni Morrison
El jilguero | Donna Tartt
Rabos de lagartija | Juan Marsé
La vida entera | David Grossman
Madres e hijos | Colm Tóibín
Ataduras | Domenico Starnone
Por si se va la luz | Lara Moreno
Lola Vendetta y los hombres | Raquel Riba Rossy
Poesía completa | Alejandra Pizarnik
¿Por qué ser feliz cuando puedes ser normal? | Jeanette Winterson
Diarios 1956-1985 | Jaime Gil de Biedma
Herstory. Una historia ilustrada de las mujeres | María Bastarós, Nacho M. Segarra y Cristina Daura
El arquitecto del universo | Elif Shafak
El murmullo de las abejas | Sofía Segovia
Mamá, quiero ser feminista | Carmen G. de la Cueva
Belleza roja | Arantza Portabales
La Semilla de la Bruja | Margaret Atwood
La tierra baldía (y Prufrok y otras observaciones) | T. S. Eliot
M Train | Patti Smith
Las cosas del querer | Flavita Banana
El funeral de Lolita | Luna Miguel
La catadora | Rosella Postorino
Gatos ilustres | Doris Lessing
La ladrona de libros | Markus Zusak
Mujercitas | Louisa May Alcott
Gran Cabaret | David Grossman
El placer | María Hesse
Para Helga | Bergsveinn Birgisson
El quinteto de Nagasaki | Aki Shimazaki

Soy de pueblo | Moderna de pueblo
El tango | Jorge Luis Borges
Aprender a hablar con las plantas | Marta Orriols
Devoción | Patti Smith
Un cuarto propio | Virginia Woolf
Eichmann en Jerusalén | Hannah Arendt
A propósito de las mujeres | Natalia Ginzburg
La belleza es una herida | Eka Kurniawan
Voy a hablar de Sarah | Pauline Delabroy-Allard
Poesía reunida | William Carlos Williams
Historias de un agente inmobiliario | Jacobo Armero
Las personas del verbo | Jaime Gil de Biedma
Una vida prestada | Berta Vias Mahou
Poesía completa | Idea Vilariño
Nada se acaba | Margaret Atwood
El último apaga la luz | Nicanor Parra
Tu nombre después de la lluvia | Victoria Álvarez
A cuerpo de gato | Hiro Arikawa
Cuatro cuartetos | T. S. Eliot
Los días del abandono | Elena Ferrante
Un árbol crece en Brooklyn | Betty Smith
El mar, el mar | Iris Murdoch
Elizabeth y su jardín alemán | Elizabeth von Arnim
Shakespeare Palace | Ida Vitale
Memorias de una joven católica | Mary McCarthy
El nombre de la rosa | Umberto Eco
La arquitectura de la felicidad | Alain de Botton
Lo mejor de Maitena | Maitena
Florida | Lauren Groff
Colgando de un hilo | Dorothy Parker
Poesía completa | Vicente Aleixandre

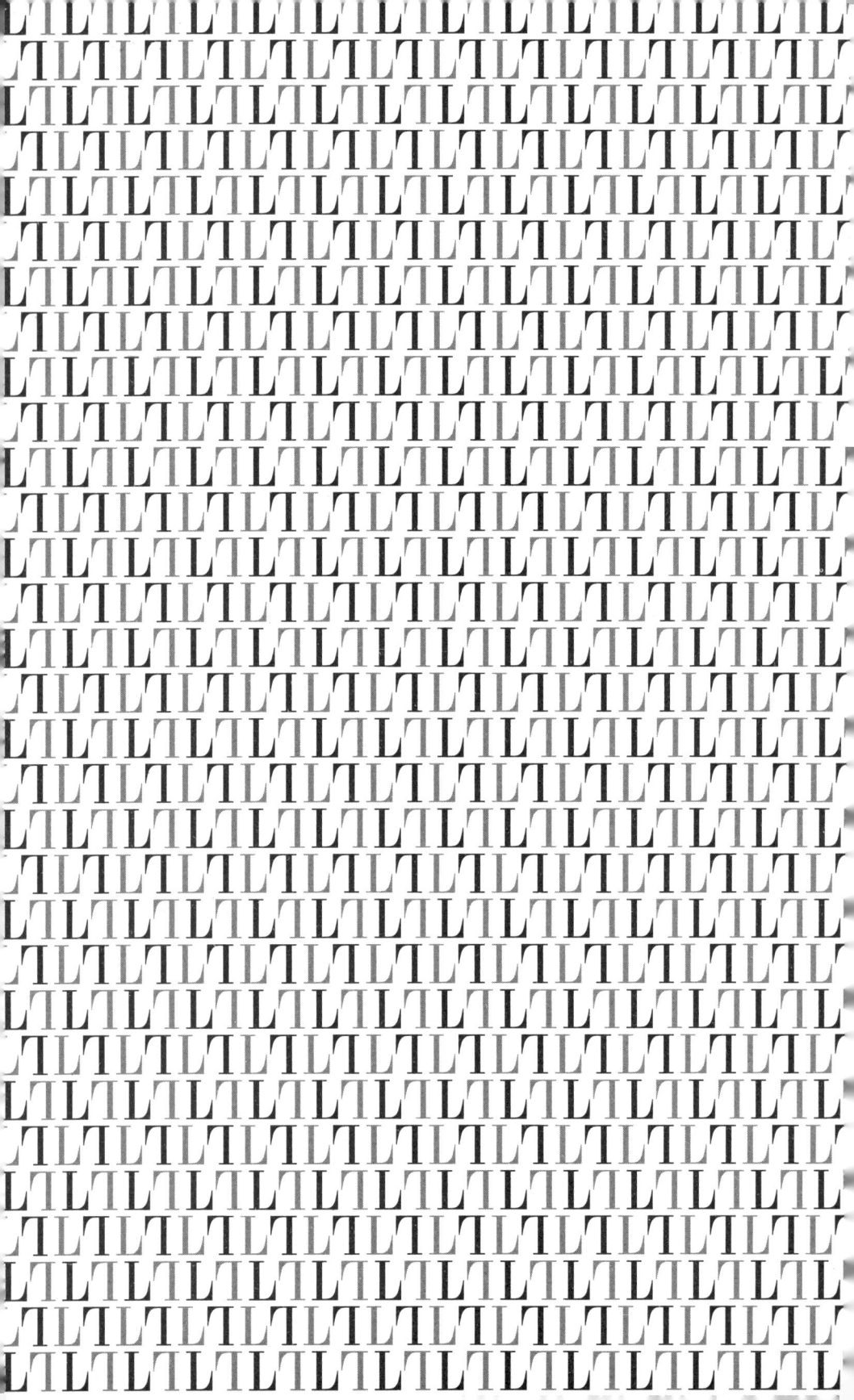